探春傳

蕙馨斋　著

北京出版集团
北京出版社

图书在版编目（CIP）数据

探春传 / 蕙馨斋著. — 北京 ：北京出版社，
2021.2
ISBN 978-7-200-16052-9

Ⅰ. ①探… Ⅱ. ①蕙… Ⅲ. ①《红楼梦》人物—人物
研究 Ⅳ. ①I207.411

中国版本图书馆CIP数据核字（2020）第224286号

责任编辑：张晨光
装帧设计：思梵星尚
责任印制：宋　超

探春传
TANCHUN ZHUAN
蕙馨斋　著
*
北　京　出　版　集　团
北　　京　　出　　版　　社　出版
（北京北三环中路6号）
邮政编码：100120
网　　址：www.bph.com.cn
北京出版集团总发行
新华书店经销
三河市同力彩印有限公司印刷
*
889毫米×1194毫米　32开本　9.625印张　260千字
2021年2月第1版　2024年3月第2次印刷
ISBN 978-7-200-16052-9
定价：58.00元

作者简介

蕙馨斋，原名程静，现旅居法国，已出版《漫品红楼》《一丈红绫》《万丈红尘》《贾琏传》等作品。

蕙馨斋

才自精明志自高，
生于末世运偏消。
清明涕送江边望，
千里东风一梦遥。

目录

第一回

贾存周醉酒纳姨娘
王夫人忍气赠小妾

鼓打四更，贾政才回到内室。小丫头赵扣儿见了，赶忙边打帘边欲通禀。贾政摆摆手，自进了屋，见王夫人脸朝里歪在床上。

今日恰逢中秋佳节，贾政在外书房同詹光、程日兴等人聊得开心，故多饮了几杯，此时不禁有些醉意蒙眬，趁着酒气，走至床前，一屁股坐到床沿之上。

谁知王夫人也才从贾母处承欢回来不久，并未熟睡，因心中念及女儿元春，正暗自神伤，因此听见贾政回来，故意装作睡熟，指望贾政见了，自去内书房安歇，不想贾政却至身边坐下，便不好再继续装睡，只得假装惊醒，起来欲向贾政行礼。贾政一把按住，笑道：“太太好睡。”说着便近前欲搂王夫人。王夫人一向自恃出身名门，如今又是荣国府的当家太太，故越发自重，今见贾政举止轻佻，心中便大为不快，又想起元春来，愈觉男子薄情，且在贾母处亦是吃了两杯酒的，因此当即便将脸色挂了下来，抬手挡开贾政，起身冷冷道："老爷这是在外头同他们喝了多少进来的?!"说着下了床，给贾政略略施了个礼，走到床前的桌边，倒了一杯茶，递给贾政道，"老爷喝杯茶醒醒酒吧。"贾政不禁有些尴尬，伸手接过茶杯，夫妇二人一时竟无话可说。

王夫人愣了一会儿，缓缓道："也不知我那元春儿今日是怎生煎熬的?！只为着……"她将满腹哀怨咽了回去，却又忍不住滴下泪来："如今却叫她独自一人待在那不得见人的去处……"

贾政亦不禁心头一酸，随手将茶杯放到床头的矮几上，起身道："元春儿能入宫做女史，为皇家效力，乃我阖族之幸，此等话语今后休再提及。天也不早了，太太早些歇息吧。"说罢，转身而去。

门口当值的赵扣儿见贾政一径往内书房那边去了，赶紧进来请王夫人示下。王夫人低头摆手道："你跟着过去吧，看跟前可有小厮们在。"

赵扣儿答应了，便急忙紧跑几步尾随贾政身后，见贾政脚步踉跄，赶紧上前扶了。刚转过影壁，便见她兄弟赵国基慌忙迎了上来，一把扶住贾政道："亏得我留下来再等等，怕万一老爷再有什么要传唤的事儿。"见是他姊妹赵扣儿，便努了努嘴，朝内院摆了摆头，意思是问出了什么事。赵扣儿瞪了他一眼，摇摇头，撇了撇嘴。

四更天正是人困马乏之际，内书房当值的两个小厮眼见着贾政进了内室，皆料定今夜无事，便各自寻地方打盹偷懒去了。

赵家兄妹二人将贾政扶进内书房床上躺下，赵国基便忙去打水，赵扣儿则替贾政脱了靴子，将两条腿搬上床去，犹豫了一下伸手替贾政宽衣。

从前贾政房里也曾有过两个通房的大丫头，但王夫人进门后，那两个丫头却陆续病殁，因此贾政起居，在外便皆由小厮们打理，在内自有王夫人的陪嫁丫头周如儿伺候。王夫人本有四个陪嫁丫头，那几个皆因年纪大了，便按着贾府的规矩放了出去，只这个如儿年纪最小，故留在房中，眼看着亦到了外放的年纪，可巧今日那如儿之母病重，她告了假，回家探母，因此房中一时无人，只有当值的赵扣儿在。

这赵扣儿乃是贾府的家生子，人长得虽不出众，却做得一手好针线。王夫人见她貌不惊人，故放心叫她平时在房中做些针线，闲时帮着浇浇花，喂喂鸟。这些替主子更衣的活儿，赵扣儿并不曾做过，又心内莫名地慌张，不免格外地拙手笨脚，脱一件外衣倒将自己累了个气喘吁吁。她深吸一口气，重重呼出，又轻轻叹了一口气，这才又再替贾政脱里头的夹衬。

贾政其实并未十分醉倒，本来不过是心中烦恼，原想回到内书房倒头便睡，不料被这赵扣儿折腾得反倒不困了，眯着眼瞧她忙得香汗淋漓，忍俊不禁，“噗嗤”一声笑了出来，倒把赵扣儿吓了一跳。她拍着胸口道：“哎呀，唬我一跳！老爷你这是要吓死人啊！”

贾政笑道：“天下竟有你这等蠢笨之人?!”

“我蠢？”赵扣儿气得瞪大眼睛道，“现老爷身上穿的夹袄，脚下蹬的靴子，哪样不是我做的？我笨?!”

贾政见她两手叉着腰，嘴里嘟嘟囔囔，也不知是累的还是气的，“呼哧呼哧”喘着粗气，两腮通红，十分有趣，不禁心中一动，伸手将她一拉。赵扣儿猝不及防，一下子扑倒在贾政胸前。贾政趁势搂住……

外头赵国基打了水来，书房门并未关，他在门口便已听见里头动静，心中纳闷，将水放在门口，轻手轻脚走到屏风边，悄悄探头一看，惊出一身冷汗，捂了嘴，一声不敢出，赶忙蹑手蹑脚退了出来，轻轻掩上门，蹲在书房门口守着，心内又喜又怕。

一时事毕，赵扣儿出来开门，见了赵国基，面上一红，也不说话，端了盆进去，服侍了贾政睡下，一个人依旧回内院值守。

次日晨起，贾政先去贾母处晨省，见王夫人等早已在跟前侍候。贾母见了贾政，甚是喜悦，笑道："昨儿没少喝吧？怎不多睡一会子？"贾政上前行了礼，又闲话几句，心内暗下了几回决心，这才讪笑道："母亲，儿子有件小事禀告。"众人闻言，赶紧起身出去了。王夫人亦欲随众出去，贾政道："太太请留步。"王夫人只得留下。

贾母笑道："什么事，竟这样郑重？"

"母亲，儿子想将老赵家的扣儿收作房里人。"贾政躬身，红着脸道。

王夫人吃了一惊，以为自己听错了，脱口道："老爷说什么？"

贾政耷拉着眼帘，并不接茬。

贾母瞄了儿子、媳妇一眼，淡淡一笑道："我看不错。那赵扣儿本是咱们的家生子，知根知底的，比那外头的岂不强百倍？况那丫头做得一手好针线，将来太太也可省不少心呢。"

王夫人心如刀绞，面上却笑道："老太太说得极是，只因近日节下杂事颇多，竟将此事忘了，我一早就该来回禀老太太的。"说着上前给贾政行了个礼，笑道："先给老爷道喜了。"贾政满脸通红，忙不迭还礼。王夫人又道："本来还有件喜事也正想同老太太和老爷说呢，既说到这儿了，便一并说了吧。"

"哦，还有什么喜事？"贾母笑道，"我人老了，就爱听喜事，快说来听听。"

"我房里的如儿，是我娘家的家生子，打小儿便跟着我，最是温柔、体贴，这几年伺候老爷从未出过差错。我想将她也替老爷收了房，不知老太太和老爷意下如何？"王夫人赔笑道。

贾母瞄了一眼贾政，见贾政垂着眼帘，遂笑道："老不问少事，这是你们两口子的事，你们也别在我跟前立着了，回房去细细商量吧。屋里人多多的，我最喜欢了。元丫头走了，我这儿只得一个迎丫头，正嫌冷清呢。亏得还有宝玉闹着，若是来年你们谁再添个丫头或是小子，必得送到我这儿来，让我日日瞧着，心里高兴。”

贾政、王夫人皆答应着退了出去。贾母看着他二人的背影，不禁轻轻叹了口气，暗自纳闷：儿子怎么就看中了那个貌不出众，甚至有几分粗鄙的赵扣儿了？“唉！”贾母喃喃道，“儿大不由娘啊！”

次日，王夫人便亲自操持，择了吉日，替贾政同时纳了赵扣儿、周如儿为妾，从此府中皆以赵姨娘、周姨娘呼之。王夫人却在自己内室设了佛堂，每日里诵经念佛。贾政见了，知她是心中有怨又不便发作，不禁有些心怀愧疚，然事已至此，多说无益，便亦闭口不提，只每日至王夫人房中闲坐片刻，说说家常，以慰王夫人之心。

且说那周如儿本是王夫人一时情急随口许与贾政的，贾政为人历来有几分孤傲，亦是不得已应了周如儿之事，故那周如儿虽名为姨娘，却难得贾政垂顾，反便宜了那赵姨娘独得恩宠，不久便生了一女，依言送至贾母膝下承欢。贾母亲自为其取名探春。接着又得一子，贾政大喜，取名贾环。赵姨娘自此日益骄矜，不免心中生出些非分之想。怎奈王夫人出身名门，更有二子一女傍身，她也只得压下心中念想，低头伏小。

王夫人既自设了佛堂，又怎好再无故撤除？心中深怨周如儿无能，却也不好明讲，只再无好脸色与她。周如儿虽满腹委屈，却又无处可诉，只得忍气吞声，愈加小心。

转眼那贾环满月，王夫人娘家人自然须来庆贺。王夫人的内侄女凤哥儿，学名王熙凤的，亦随家人同来祝贺。那王熙凤年纪虽轻，却是最有心机，见王夫人无人处隐现悲戚之色，便私下里追问原由。王夫人压抑已久，见凤姐看出，遂一五一十说与她听。王熙凤听了，气得柳眉倒竖，恨不得立时去将赵姨娘撕成碎片，转念又一想，到底将怒火压住，咬牙悄声对王夫人道："姑妈便不该让那小杂种生下来才是。"

"如今且说那些又有何用？"王夫人不快道，"且那环哥儿也并非是什么杂种。你这口无遮拦的，倘或叫人听见了，成什么体统？"

"我也是一时气急，乱说的。"王熙凤"噗嗤"笑道，"如今姑妈有何打算？"

"我能有什么打算？只好眼看着那孩子一天天长

大罢了。”王夫人叹了口气，“我是他嫡母，这满月了便该抱到我房里来了。我纵心里有气，也须替她养孩子。”她一边说着，一边若有所思道：“宝玉现在老太太屋里养着呢，只怕过些日子那环哥儿也该送到老太太屋里了。”

凤姐闻言想了想道：“叫我说，姑妈还是别让那孩子和你们老太太过于亲近了。老人家见了小孩子，有几个不喜欢的?！虽非嫡出，到底也是自己亲孙子！”

王夫人为难道：“她若要，却拿什么话推托呢？”

凤姐略一沉吟，抬头道：“姑妈只说从来母子情深，凭谁照看也不及亲娘好，如今姑妈日日吃斋念佛，诚心向善，实不忍将他们母子拆开，不如环哥儿便由赵姨娘亲自照看着好了，岂不比外头现买的奶妈子们要强百倍？且终不离姑妈左右，日常看顾亦十分便利。想必姑父听了也是挑不出毛病的，那什么狗屁赵姨娘更是求之不得呢。”

王夫人想了想，笑道：“便依你所言。”

果然王夫人一说，贾政便应允了，赵姨娘更是喜之不尽。贾母更因已有宝玉粉妆玉琢地在眼前承欢，也便不理会了。

岂不知那贾环因养在赵姨娘处，非但形容委琐，更举止荒疏，因此贾母越发不喜，从来当他似有若无。赵姨娘却将其视若珍宝，只盼着他来日长成，又是自己一手带大的，必能为自己争个扬眉吐气。

不料贾赦之子贾琏竟娶了王熙凤为妻，夫妇二人总管荣府内外，那凤姐说得出，做得到，绝非王夫人可比，直压得赵姨娘大气也不敢乱出，只好在自己房内嘀咕，又或者得空同儿女唠叨几句，并无他法，只得日复一日地熬着。

第二回

贾探春挥毫得盛赞
赵姨娘聒噪遭训斥

如今且说那赵姨娘之女探春与贾赦之女迎春、贾珍之妹惜春，皆养于贾母处。三人日常供给、仆役从人，乃至钗环裙袄一般无二，又有贾母娘家侄孙女儿史湘云亦时常住在贾府，加之王夫人幼子宝玉，几人之中，唯惜春年纪稍小，余者皆年龄大致相仿，常于贾母处欢闹。贾母十分喜悦，尽享天伦。

忽一日，探春等人正在迎春房内玩笑，丫鬟来报："姑太太家的林姑娘来了，老太太请几位小姐快去见客呢，说今儿有远客来，可以不必上学去了。"探春等人一听说不必上学，皆欢喜雀跃，忙赶至贾母处。果然见贾母跟前坐着一个小姑娘，看着十分怯弱不胜，见她姊妹们来了便起身迎上前行礼，迎春等人还礼不迭。几人相互见了礼，方才告座。

用罢茶果，那林黛玉去见两个舅舅，探春等人留于贾母处承欢。晚饭时分，贾母于榻上独坐，两边四张空椅，因王夫人、李纨等人皆单独用饭，故王熙凤便拉了黛玉在左边第一张椅上坐了。探春便在黛玉下手落座，迎春坐了右手第一，惜春便依了迎春而坐。

饭罢，王夫人幼子宝玉归来，见了黛玉自然便生出十分亲密来，知黛玉无字，随口便欲为其取一表字，曰“颦颦”。探春素知自己这同父异母的兄弟一向喜欢信口开河，当下便笑问：“有何出处？”

宝玉道：“《古今人物通考》上说：‘西方有石名黛，可代画眉之墨。’况这林妹妹眉尖若蹙，用取这两个字，岂不两妙！”

探春不禁笑道：“只恐又是你的杜撰。”

宝玉亦笑道：“除四书外，杜撰的太多，偏只我是杜撰不成？”探春还欲接茬，宝玉却已转头去问黛玉可有宝玉去了。原来那宝玉自娘胎里衔了一块五彩晶莹的玉来，上头还有许多字迹，因此才将他乳名唤作宝玉。此刻他向黛玉问及此物，那黛玉自然是没有的，因此那宝玉顿时便发作起来，闹了好一气方才消停。

当晚，贾母便将黛玉、宝玉皆留于身边居住，不久又将迎、探、惜三人移到王夫人房后的三间小抱厦内居住，令孙媳妇李纨陪伴照管，自己一心只以宝、黛为意。

那探春虽系庶出，却一向心高气傲，偏她生得俊眼修眉，身材高挑，又十分聪明伶俐，因此在姊妹丛中一向拔尖，贾母素日亦是疼爱有加。如今来了这林黛玉，府中众人皆看贾母心意行事，一时间众人待这林黛玉如同众星捧月一般，探春与迎春、惜春三个倒皆靠了后。迎春天性温和，惜春尚小，故她二人对此都不甚在意，独探春心中不免有些怅然若失。好在时隔不久王夫人之妹薛姨妈带着儿女上京，贾母与贾政将他们留在贾府居住。那薛家的小姐名唤宝钗，年纪虽比黛玉、探春等大不多少，却是品格端方、容貌丰美，且又行为豁达、随分随时。探春遂与宝钗日益亲近。

自从宝钗入府，众姊妹每日里聚在一处，或看书下棋，或做针黹，十分乐业。

忽一日有喜讯传来：天恩浩荡，新晋凤藻宫尚书、加封贤德妃的大小姐贾元春元宵节将要归省。众姊妹听了无不欢欣鼓舞，及至与元春见了面，却见她满眼垂泪，一手搀了贾母，一手搀了王夫人，只管呜咽对泣。

探春等人在旁围绕，亦垂泪无言。好容易相互劝解得好了，众人方才出去游园。游罢，元妃甚喜，自先题一绝，又命众姊妹各题一匾一诗，以观其才。

探春心知自己虽出于姊妹之上，却难与薛、林争衡，只得勉强随众塞责而已，因提笔写道：

万像争辉

名园筑出势巍巍，奉命偏惭学浅微。

精妙一时言不出，果然万像耀光辉。

一时，众人亦皆写罢搁笔。元春一一看毕，喜之不尽，独见探春所书，笔墨横姿、气韵流畅，丰厚雍容、文采炳焕，遂命其另以彩笺誊录出方才一共十数首诗，又令太监传与外厢。贾政等看了，都称颂不已。贾政听说乃探春所书，竟是意外之喜，连声赞道：“好字！好字！”太监又进来一一回复了。探春听见，心中甚喜。

少时，太监跪启：“赐物俱齐，请验等例。”乃呈上略节。元妃从头看了，俱甚妥协，即命照此遵行。太监听了，下来一一发放。探春等诸姊妹每人皆新书一部，宝镜一方，新样格式金银锞两对。众人谢恩毕，执事太监请驾回銮，众人只得洒泪而别。

省亲事毕，宁、荣二府上下人等皆力倦神疲，便俱各休整。彼时尚在正月内，学房中放着年假，那赵姨娘所生之子贾环业已长大，此刻亦歇假在家，闲来无事。只因宝钗素日待人亲和，这日便逛至宝钗屋内，正遇见宝钗同她哥哥买来的小妾香菱并丫鬟莺儿三个赶围棋作耍，贾环便也要玩。宝钗见了，便让他上来坐了，一处玩耍。岂知那贾环最是个眼皮子浅、没德行的，只赢了便开心，输了便发急，连输了几盘便开始赖账了。那莺儿亦是小孩子心气，如何肯让？当下便同贾环嚷了起来，一个说“幺”，一个说“六”，相持不下。

宝钗见贾环急了，便训斥莺儿不懂规矩。莺儿只得放下钱来，口内犹自嘟嘟囔囔：“一个做爷的，还赖我们这几个钱，连我也不放在眼里。前儿和宝玉玩，他输了那些也没着急。下剩的钱，还是几个小丫头们一抢，他一笑就罢了。”宝钗听了，忙斥之不迭。

贾环嚷道：“我拿什么比宝玉呢？你们怕他，都和他好，都欺负我不是太太养的。”说着便哭了起来。

宝钗一边忙着哄他，一边赶紧又扭头骂莺儿。那莺儿亦是满腹委屈，便也呜呜咽咽地哭了起来，急得香菱不知如何是好。正忙乱处，可巧宝玉走了进来，问了事由，遂训了贾环几句，将他撵了出去。

贾环挨了训，一路哭回家。赵姨娘见了，便追问缘故："又是在哪里垫了踹窝来了？"贾环先不肯说，赵姨娘一再追问，贾环便道："同宝姐姐玩的，莺儿欺负我，赖我的钱，宝玉哥哥撵我来了。"

赵姨娘听了啐道："谁叫你上高台攀去了？下流没脸的东西！哪里玩不得？谁叫你跑了去讨没意思！"

无巧不巧，凤姐从窗外过，便都听在耳内，遂隔窗道："大正月又怎么了？环兄弟小孩子家，一半点儿错了，你只教导他，说这些淡话做什么！"又冷笑道，"凭他怎么去，还有太太、老爷管他呢，就大口啐他！他现是主子，不好了，横竖有教导他的人，与你什么相干！"遂叫出贾环来，"你也是个没气性的！时常说给你，要吃，要喝，要玩，要笑，只爱同哪一个姐姐、妹妹、哥哥、嫂子玩，就同哪个玩。你不听我的话，反叫这些人教的歪心邪意，狐媚子霸道的。自己不尊重，要往下流走，安着坏心，还只管怨人家偏心。"又训了一通。贾环素日怕凤姐比怕王夫人更甚，吓得唯唯诺诺，哪还敢吱声？连同赵姨娘在内，亦不敢有半句言语。

凤姐训了半天，见赵姨娘垂头耷脑蔫在那里，不由鼻子里头“哼”了一声，遂命贾环跟了丫头丰儿去取一吊钱，到后头找姑娘们玩去。

贾环得了钱，早将方才的不快抛至九霄云外。丰儿将他送至迎春处，探春等人皆在一处玩呢。

“三姐姐。”贾环一见探春便先跑至探春跟前，立时便要挤进去一同玩耍。

“半点规矩没有，也不知道先给二姐姐她们行礼。”探春皱眉训斥道。

贾环挨了训，一腔子热情立时冷了下来，垂手噘嘴道：“我这一会子工夫都挨了三回训了，还被我娘平白骂了一顿。”说着便又哭了起来。

探春闻言气道：“这大正月里的，谁这么闲训你呀？自然是你自己不争气。都挨了谁的训呀？”

贾环便一五一十说了一通。探春听了，脸涨得通红，气道：“凤姐姐有句话倒是说得没错，‘亏你还是个爷，输了一二百钱便这样’。不是你自己不尊重是什么？”贾环心中素来畏惧探春几分，今见她生了真气，亦不敢辩驳，只得低头垂手，侍立一旁。

迎春见了，便招手道：“大正月里，只管训他做什么？来，环哥儿上来一起玩吧。”贾环偷眼瞄了探春一眼，见探春正拿眼瞪着他，吓得赶紧垂下眼帘。探春叹了口气，训斥道：“二姐姐叫你，还站着做什么？”贾环闻言赶紧上了炕，迫不及待地摸出怀里的钱开始玩耍。

探春却是再无心玩耍，一个人坐在炕下的桌子边上生闷气，众人也无人敢去劝她。

那丰儿在外听得仔细，回去一五一十地学与凤姐听。凤姐听了“噗嗤”笑道：“环哥儿若得三丫头一半的刚性，也不至于这样窝囊。”又撇嘴道，“可见赵姨娘那贱人，好人都叫她教坏了。”还欲再说，有小丫头在门口禀道：“请二奶奶示下，史大姑娘来了，二奶奶要不要早些过去？”凤姐略一思忖道：“嗯，这就去吧，正好到后头喊了姑娘们一起。”

凤姐于是来至王夫人后院，约了众人一同前往贾母处。见宝玉、宝钗、黛玉、湘云四人正在说笑，众人遂一处说笑了一会儿。饭罢，又闲话几句，方才各自归寝。

那探春回到房中，又兀自坐了半晌，脸上默默淌下两行泪来……

贴身大丫鬟侍书、翠墨在外候了许久，听里头寂然无声，侍书悄道："我进去瞧瞧去。"说着轻手轻脚走了进去。不料探春已然听见，头也不回道："我临两幅帖子去。"

"这么晚了，明日再临吧。"侍书道。

探春并不搭言，径自走到桌案前，侍书只得赶紧上前展纸、研墨。

探春随手拿了支笔，直写到三更方罢。

第三回

猜灯谜贾政怀忧闷
抄经文贾环起歹意

转眼便至宝钗生日，因是十五将笄之年，故贾母做主要替她做生日。至二十一日，就贾母院内搭了个家常小戏台，定了一班新出的小戏。贾母定叫宝钗先点，宝钗心知贾母年纪大了爱热闹，便点了一折《西游记》，贾母果然欢喜。凤姐随后点了一出诙笑科诨的《刘二当衣》，贾母更加喜欢。然后黛玉、宝玉、史湘云、迎春、探春、惜春、李纨等俱各点了，按出扮演，至晚方散。

次日早起，忽有人报说娘娘差人送出一个灯谜来，命众人去猜，猜着了，每人也作一个进去。探春听说，忙来至贾母上房，见小太监拿了一盏四角平头红纱灯，上有一个灯谜，乃是一首七言绝句，并无甚新奇，一见便猜着了，想宝黛等人亦皆一目了然，只皆不说破。众人口中只说难猜，故意寻思许久方将谜底写了，然后各人拈一物作成一谜，恭楷写了，挂在灯上送进宫去。至晚小太监出来传谕并颁赏，每人一个宫制诗筒，独迎春与贾环二人猜错未得。

贾母见元春这般有兴，心中喜悦，遂命宝玉等人亦作灯谜粘于屏上，又命人备下香茶细果以及各色玩物，以为猜着之贺。

贾政朝罢听闻此事，便也过来承欢取乐。因有贾政在席，众人皆不敢放肆。酒过三巡，贾母便撵贾政去歇息。贾政有心奉承贾母，便故意要猜了谜再走，情愿猜错了挨罚，猜对了自然也要讨赏。贾母遂先说了个谜语道："猴子身轻站树梢。打一果名。"

贾政一听便知是荔枝，却故意猜错，罚了许多东西，最后方猜着，也得了贾母的东西，然后说了个谜语让贾母猜，却暗将谜底让宝玉告知贾母。贾母猜中后，贾政忙让人奉上贺彩，皆是些灯节下所用所玩的新巧之物。贾母甚喜，便叫贾政去猜那屏上探春等人所作灯谜。

贾政一一看过去，只见第一个乃是元春所作的爆竹，第二个则是迎春所作的算盘，又看后头探春所写：

阶下儿童仰面时，
清明妆点最堪宜。
游丝一断浑无力，
莫向东风怨别离。

贾政道：“这是风筝。”

“是。”探春笑答。

贾政又往下看，惜春所作乃是佛前海灯。贾政不禁心内沉思道：“娘娘所作爆竹，此乃一响而散之物。迎春所作算盘，是打动乱如麻。探春所作风筝，乃飘飘浮荡之物。惜春所作海灯，益发清净孤独。今乃上元佳节，如何皆用此不祥之物为戏耶？”心内愈思愈闷。只因在贾母面前，不敢形于色，勉强又往下看，乃是宝钗所作更香，心下越觉不祥，因此将方才精神减去十之八九，只垂头沉思。贾母见状，便叫他去安歇。贾政连应了几声，又勉强劝了贾母一回酒，方才退出，回至房中，只是思索，一夜竟辗转难寐。

探春见贾政郁郁而去，心下暗自揣测，终不得解，是夜，亦辗转反侧了半夜。次日晨起，已将昨日之事抛诸脑后，依旧与迎春等人或下棋读书，或做些针线女红，或看惜春作画。

这日有小丫头来请，说王夫人叫都过去，有话说。探春等便来至王夫人处。赵姨娘立在门口，见她姊妹来了，赶紧打起帘子，远远地便冲着探春微笑。探春却绷了脸，眼观鼻、鼻观心，只作不见。及进了屋，只见贾政与王夫人对面坐在炕上说话，几人忙上前行礼。王夫人叫她们都坐了，几人正欲在地下一溜椅子上落座，却见贾环走了进来，便又相互行了礼，这才按次坐下。不一时宝玉亦来了，见他进来，探春、惜春、贾环忙站了起来。

探春暗自打量宝玉同贾环，只见宝玉神采飘逸、秀色夺人，再看贾环，人物委琐、举止荒疏，又想起赵姨娘此刻在外侍立，禁不住眼圈一红，赶紧忍住，见王夫人拉了宝玉在身旁坐下，忙垂首亦重新坐下。

原来贾政唤他们来不过是为着元妃娘娘要叫他们搬进省亲的大观园内居住，故此特叫了他们几个来叮嘱一番而已。贾政又单教训了宝玉几句，方令他几人散去。

这里贾政择了二月二十二日令他们入园，宝钗住了蘅芜院，黛玉住了潇湘馆，迎春住了缀锦楼，惜春住了蓼风轩，李纨住了稻香村，宝玉住了怡红院，探春便挑了秋爽斋。

那探春素喜阔朗，因此并未将屋内隔断，当地放了一张花梨大理石大案，将平日研学的各种名人法帖皆垒于案上，便于取阅，又将素日收集来的数十方宝砚亦排列于案上，一边设了个斗大的汝窑花囊，叫侍书等人每日只供些时新的花儿，不论什么花皆可，只是不要杂色、杂样，只一色一样的花朵才好。西面墙上当中挂了幅米襄阳的《烟雨图》，将颜鲁公所书“烟霞闲骨格，泉石野生涯”悬于两侧。案上设一大鼎，左边紫檀架上置一大观窑的大盘，右边洋漆架上悬了个白玉比目磬，旁边还挂了一小锤。一张拔步床设与东首，上悬着葱绿双绣花卉草虫的纱帐，纱窗外后廊檐下是一大丛梧桐。收拾完毕，邀了众人来看，无不啧啧称赞。

自进得园来，众姊妹每日里或读书，或写字，或弹琴下棋、吟诗作画，或描鸾刺凤、斗草簪花，低吟悄唱，拆字猜枚，无所不至，十分惬意。

不知不觉便至三月中浣，王子腾夫人寿诞，王府便打发人来请贾母与王夫人。贾母因近日身上不快不便去，王夫人自然亦不便去了。薛姨妈便同凤姐领着迎春、探春、惜春并宝钗、宝玉一齐都去了，至晚方回。

探春回屋卸了钗环，正欲早些歇息，便听见外头小丫头匆匆跑了进来，在门口低声急呼道：“侍书姐姐，侍书姐姐。”只听翠墨在外低声训斥道：“吵什么？姑娘累了一日了，正要安歇呢。”

“不得了了，三爷把宝二爷烫伤了！”小丫头低声嚷道。

探春里头听得真切，惊得赶紧起身往外便走，侍书忙抢上一步打起帘子。“三爷怎么就把宝二爷给烫伤了？伤哪儿了？”探春惊问，“你是哪里听来的？”

“我是听林姑娘屋里的春纤说的。”

“怎么说的？你且仔细说与我听。”

“我也不知道详情。”那小丫头嗫嚅道，“方才侍书姐姐叫我去蘅芜苑还个盘子，我路上遇见林姑娘屋里的春纤，她说紫鹃姐姐叫她回去替林姑娘取件披风来，宝二爷被三爷烫伤了，林姑娘正看着呢，恐回去晚了再着了凉。”

“姑娘要不要去怡红院看看呢？”侍书轻声问道。

“且不忙。”探春沉吟道，“若是伤得重，这会子必不得这样安静。再者我去了又说什么呢？”

“要不姑娘且先歇着，我去打听打听，”翠墨道，

“也免得她们东一句西一句地传不利索。”

探春点点头，翠墨便提了盏灯自去了。探春心神不宁地在屋内来回踱了几圈，随手拿起一本书，翻了两下复又放下，又转了两圈，遂至案前临帖。好容易翠墨气喘吁吁地回来了。“可问明白了？”侍书忙问。

“且容我喝口水。”翠墨喘息道。侍书递了杯茶给她：“这是我的，你且喝一口润润。”翠墨接过茶杯，一饮而尽，这才说道：“我先去了怡红院，林姑娘还没走呢，我也没敢进去，只悄悄同秋纹打听了一番。宝二爷果然被烫伤了，说是左边脸上敷了满满一脸子的药，的确是三爷烫的。”翠墨看了探春一眼，见她眉头紧蹙，便又补了一句：“所幸不曾伤着眼睛。”

“他两个是怎么到一处的？”探春疑惑道。

“说是在太太屋里被烫伤的。”翠墨道，“因此我又去了趟太太那里，这才问得详情。说是太太叫三爷抄经，二奶奶同宝二爷方才回来皆去了太太屋里，也不知怎么三爷打翻了桌上的蜡灯，就把宝二爷烫了。”说到此处，翠墨愣了一下。探春道：“怎么不说了？”翠墨低头小声道：“太太把赵姨奶奶好一顿数落。”又抬头道，“好在宝二爷说他明日只同老太太说是他自己烫的。”

探春听了，想了想，长叹一声道：“我知道了，都歇了吧。”

次日，宝玉见了贾母，虽然承认是自己烫的，不与旁人相干，贾母还是把跟从的人皆骂了一顿。

探春这才心下稍安。

第四回

赵姨娘谋私失体己
贾探春做鞋伤自尊

话说贾环在王夫人屋内抄经，因见宝玉来了便同彩霞厮闹，心中素日积怨一并涌起，遂欲以热油烫瞎宝玉双眼却心愿未遂，反害得探春担了一夜的心。直至次日宝玉自领了过，贾母将随从人等骂了一顿，探春心下方安，只暗暗祈盼赵姨娘母子莫再生事！谁知天下事便是这样，越怕有事越有事。

那赵姨娘因贾环之事受了王夫人一顿责骂，本来只打算忍气吞声算了，却不料半道上来了个马道婆，乃是宝玉的寄名干娘。从来这三姑六婆再无一个好的，最能惹是生非。也是机缘巧合，这马道婆本来进府只是为了混两个闲散碎银花花，不料竟逛至赵姨娘房中。那赵姨娘本就是个胸中并无半点城府之人，又刚受了一场恶气，故言谈之中不知不觉便带了出来。那马道婆度其言行，见有机可乘，遂趁热打铁，一顿撺掇。赵姨娘哪有什么成见，被她三言两语便套出了心里话。那老道婆于是一通忽悠，哄得赵姨娘甘心情愿地拿出自己积了多年的白花花一堆私房钱，并一张五百两欠契，一并交与那老道婆，只望她回去做法，大显神通，一举灭了凤姐与宝玉二人，好叫贾环出头。

那马道婆果有几分道行，回去做起法来，果然凤姐同宝玉皆中了她的魇法，闹将起来。眼看三日光阴，他姊弟二人躺在床上奄奄一息。贾母、王夫人、贾琏、平儿、袭人等皆哭得忘餐废寝，觅死寻活，赵姨娘、贾环等则暗自欢喜。

到了第四日，赵姨娘看凤姐与宝玉愈发连气都将没了，按捺不住心中喜悦，上前假意劝贾母道："老太太也不必过于悲痛。哥儿也是不中用了，不如把哥儿的衣服穿好，让他早些回去，也免些苦。"探春闻言大惊，在旁拼命给赵姨娘使眼色。无奈赵姨娘此刻心花怒放，明明瞧见探春脸色却只作不见，依旧自顾说道："老太太若只管舍不得他，这口气不断，他在那世也受罪不安生。……"话犹未了，早被贾母照脸啐了一口唾沫，骂道："烂了舌头的混账老婆，谁叫你来多嘴多舌的！你怎么知道他在那世里受罪不安生？怎么见得不中用了？你愿他死了，有什么好处？你别做梦！他死了，我只和你们要命。素日里都是你们挑唆着逼他写字念书，把胆子唬破了，见了他老子不像个避猫鼠儿？不是你们这干淫妇挑唆的？这会子逼死了人，你们遂了心，我饶哪一个?！”贾母一面骂，一面哭。

探春听了臊得满面来火，恨不得地上裂个缝，立时便钻了进去方好。贾政在旁听见这些话，心里也越发难过，便厉声喝退赵姨娘，自己上前劝解。赵姨娘吓得俯首帖耳，耷拉着脑袋掩面退了出去。探春亦不由自主地跟着，退到后头。

一时又有人来回话：“两口棺材都做齐了，请老爷出去看。”贾母听了便如火上浇油一般，气得边骂边叫人将那做棺材的拉来打死。王夫人、邢夫人等恐贾母气坏，赶紧上前劝解，一群人闹得不可开交。岂知那宝玉本非凡品，原是个有些来历的，恰此时便有一僧一道前来排忧解难。又静养了三十三日，凤姐与宝玉皆身安病退，复旧如初。宝玉更是非但身体强壮，且连脸上被贾环烫坏的疮痕也皆平复了。

那马道婆在外听说事败，也不敢声张，遂连荣府大门亦等闲不敢轻进。

赵姨娘眼见得煮熟的鸭子飞了，又气又怕，窝在屋里哪敢出头？一时念及那些给了马道婆的银子，更是心疼不已。忍了些时日，眼见得风平浪静了，她到底心里憋得难受，悄悄至探春处，唉声叹气地只说马道婆骗了自己一应体己。探春奇道：“姨娘向来最看重银子，那马道婆如何能骗去姨娘这许多钱？”

“唉！她原说能替我办成大事，所以才将银子给了她。”赵姨娘吞吞吐吐道，“谁知她竟是个没用的东西，白折了我这些年的体己。”

“你把钱都给她了？”探春惊问。

赵姨娘点点头，又支吾道：“还有五百两的欠契在她手上，倘若她来讨要，怎么办？”

“什么？”探春惊得瞪大了眼睛，“你到底叫她办什么事，竟许了她这些银子？”

赵姨娘四顾见屋内无人，凑近探春悄声道：“我还不是为了你们姐弟俩。”说着伸出两个手指头儿比画了一下，“压得我们快憋死了，心里恨不得她即刻便断了气才好。”

“别我们，是你自己。”探春气道，又一思忖，心内一惊，低声道：“前阵子的事儿，该不会就是你和那马道婆折腾的吧？”

“你可别混说啊，他俩那是遇着园子里的鬼怪作祟了。这么大个园子，自然是不大干净的，可没我什么事。”赵姨娘赶忙矢口否认。

“什么鬼祟？他二人屋内皆搜出五个纸铰的鬼魅并一个纸人来，那纸人上头分明写着他二人的年庚八字。”探春逼视赵姨娘道。

赵姨娘见探春盯着自己看，不免心虚，嗫嚅道：“我是你亲生的娘，我做什么还不是为了你同环哥儿？”又嘟囔道：“这事若成了，还不都是你和环哥儿的？我这辈子就只指望你俩了。如今事败，你不说替我心疼那些钱，反落你责怪。”

探春听了唬得魂飞魄散，赶紧到门口伸头向外张望。侍书正坐在廊下候着，见探春探头出来，忙迎上来问道：“姑娘有事？”

“哦，我想起前儿宝姐姐说有本好书要荐与我看，你去取来。”探春搪塞道。看侍书走了，又见周边无人，她这才回身进屋，关了房门，走近赵姨娘身边，气道：“姨娘好生糊涂！纵使宝哥哥没了，还有琏二哥，还有兰哥儿，哪里便轮到环哥儿了？”又板起脸子道：“只求姨娘今后安生过日子，别再无事生非，没的再带累了环哥儿。有他的只是他的，没他的求也不得，姨娘且记住我这话。今日姨娘说了什么，我也并未听见，姨娘亦不必再提。”

赵姨娘本就有些畏惧探春，今见她板了脸说话，愈觉威严，不由得低了头道：“知道了。只是怕那马道婆来寻我讨要那五百两银子。”

“谅她不敢。”探春冷冷道，“姨娘只管本分做人，自然没有是非上身。”

赵姨娘理亏，只得低头听探春又教训了几句方才借故脱身。

至次日，乃是四月二十六日，这日未时交芒种节。尚古风俗：凡交芒种节的这日，都要设摆各色礼物，祭饯花神。探春一早便约了迎春、惜春、李纹、宝钗等人在园内往花枝上系彩绫。不一时，凤姐带了巧姐儿也来了。各房的丫头们用花瓣柳枝编成轿马，或用绫罗纱缎叠成干旄旌幢等，皆忙着用彩线往树上、花上系。满园里绣带飘摇，花枝招展。

探春与宝钗在池边看了会子鱼，又过去看鹤舞，一时黛玉来了，三人便站着说话儿，却见宝玉跟着也来了。探春便笑道："宝哥哥，身上好？我整整三天没见你了。"

"妹妹身上好？我前儿还在大嫂子跟前问你呢。"宝玉笑道。

"宝哥哥，你往这里来，我和你说话。"探春道。宝玉听说便随了她走到一棵石榴树下。

探春道："这几天老爷可曾叫你？"

"没有叫。"宝玉笑道。

"昨儿我恍惚听见说老爷叫你出去的。"

"许是别人听错了，并没叫的。"

"那兴许是我听错了。"探春笑道，"这几个月，我又存下有十来吊钱了。你还拿了去，明儿出门逛去的时候，或是好字画，好轻巧玩意儿，替我带些来。"

"我这么城里城外、大廊大庙的逛，也没见过有什么新奇精致东西，总不过是那些金玉铜器，没处撂的古董，再就是绸缎、吃食、衣服了。"

"谁要这些！怎么像你上回买的那柳枝儿编的小篮子，整竹子根镂的香盒儿，胶泥垛的风炉儿，这就好了。我喜欢的什么似的，谁知她们都爱上了，当宝贝似的抢了去。”

“原来要这个。”宝玉笑道，“不值什么，拿五百钱出去给小子们，包管拉两车来。”

“小厮们知道什么。你拣那朴而不俗、直而不作者，多多的替我带了来！”探春道，“我还像上回的鞋，做一双你穿，比那双还加功夫，如何呢？”

“你提起鞋来，我想起个故事。那一回我穿着，可巧遇见了老爷，老爷就不受用，问是谁做的。我哪里敢提‘三妹妹’三个字！我就回说是前儿我生日，是舅母给的。老爷听了是舅母给的，才不好说什么的，半日还说：‘何苦来！虚耗人力，作践绫罗，做这样的东西。’我回来告诉了袭人，袭人说这还罢了，赵姨娘气得抱怨得了不得：‘正经兄弟，鞋耷拉袜耷拉的，没人看得见，且做这些东西！’”

探春一听，登时沉下脸来，怒道：“这话糊涂到什么田地！怎么我是该做鞋的人么？环儿难道没有分例的，没有人的？一般的衣裳是衣裳，鞋袜是鞋袜，丫头老婆一屋子，怎么抱怨这些话！给谁听呢?！我不过是闲着没事，做一双半双，爱给哪个哥哥兄弟，随我的心，谁敢管我不成?！这有什么，她也气。”

“你不知道，”宝玉笑道，“她心里自然又有个想头了。”

探春听说愈发动了气，将头一扭道：“连你也糊涂了！她那想头自然是有的，不过是那阴微鄙贱的见识。她只管这么想，我只管认得老爷、太太两个人，别人我一概不管。就是姊妹弟兄跟前，谁和我好，我就和谁好。什么偏的庶的，我也不知道。论理我不该说她，但忒昏愦得不像了！”说着冷笑一声，“还有笑话呢！就是上回我给你那钱，替我带那玩的东西。过了两天，她见了我，也是说没钱使，怎么难，我也不理论。谁知后来丫头们出去，她就抱怨起我来，说我存的钱，为什么给你使，倒不给环儿使。我听见这话，又好笑又好气，就出来往太太跟前去了。”探春还欲再说些什么，却见宝钗那边笑道：“说完了？来吧，显见的是哥哥妹妹了，丢下别人，且说体己去，我们听一句儿就使不得了！”

探春、宝玉二人方笑着走了过去。

第五回

清虚观内偶得神谕
大观园里杖笞不孝

这日早起，侍书边伺候探春洗漱边说道："昨儿娘娘打发人赏了端午的节礼，因姑娘昨儿玩得晚了，就没拿给姑娘瞧。"探春听说笑道："既是娘娘赏的，拿来我瞧瞧。"

"翠墨，翠墨。"侍书扭头叫道。外头翠墨应声进来，侍书道："你把昨儿娘娘赏的节礼取来让姑娘瞧瞧。"翠墨答应着取了来。探春见是两柄上等的宫扇和两串红麝香珠，便随口问道："别人也都是这个么？"

翠墨歪着脑袋想了想道："二姑娘、四姑娘和林姑娘的都同姑娘一样，宝二爷同宝姑娘的多了凤尾罗两端，芙蓉蕈一领。老太太另多着一个香如意，一个玛瑙枕。太太、老爷和姨太太只多着一个香如意。大奶奶、二奶奶她们每人两匹纱，两匹罗，两个香袋，两个锭子药。”

“怎么宝姐姐的同宝哥哥的一样？”探春道，“你没记错？”

“那怎么能错？”翠墨道，“莺儿、紫鹃、袭人、司棋、入画，我们几个一起去领了来的。”

探春听了若有所思。翠墨想了想又说：“对了，听说娘娘让在清虚观从初一到初三打三天平安醮呢，叫珍大爷领着众爷们都去跪香拜佛呢。”

“哦，知道了。”探春淡淡道。

正说着话，听见外头有小丫头来报说王夫人屋里的彩霞来了，探春等忙迎了出去，见了彩霞便忙往屋里让。彩霞笑道：“今儿可没空坐下说话。”原来是凤姐听说初一起要在清虚观打醮，便撺掇着贾母等人一起看戏去。王夫人便命彩霞进园子来问可有想初一日跟着贾母去逛的。侍书与翠墨听了皆欢喜不尽，只等探春开口应承。探春却问：“太太去么？”

“太太早就说了不去了，因怕娘娘那儿有人出来有事。”彩霞道，“你们若要去便要早做准备，我还到别处传话去呢。”

翠墨将彩霞送了出去，回来见探春打算出门，便问道："姑娘这是要去哪儿？"

"给太太请安去。"探春道。翠墨忙跟在身后，走了几步，忍不住小声问道："姑娘，咱们去吗？"见探春并不搭言，便不敢再多话。

探春给王夫人请了安，坐下陪王夫人闲话家常。不一时迎春、惜春也过来请安，王夫人便叫她俩也坐下说话。几人闲聊，随口便说到打醮的事上。迎春笑道："我是不想去，怪热的，可司棋和绣橘非要去凑热闹。"

"只要是上香礼佛的事，我都愿意去。"惜春笑道。

王夫人见探春不语，便笑问："三姑娘不跟着一起玩玩去？"

"她们都去了，我便留在家里陪太太吧。"探春笑道。

"我不用人陪。"王夫人笑道，"你只管同她们一起也出去玩一天去。"

探春笑着点头答应。

到了初一这一日，贾母独坐一乘八人大亮轿，李纨、凤姐、薛姨妈每人一乘四人轿，宝钗、黛玉二人共坐一辆翠盖珠缨八宝车，迎春、探春、惜春三人共坐一辆朱轮华盖车，其余丫头、媳妇、嬷嬷、奶娘，各色人等，乌压压的占了一街的车，前头的全副执事摆开，早已到了清虚观门口了，家中仆从们的车还尚未坐完。

贾母与宝玉、探春等人坐了正楼，凤姐等占了东楼，众丫头等在西楼，轮流伺候。待贾母等人坐定，贾珍来回："神前拈了戏，头一本《白蛇记》。"

贾母便问："《白蛇记》是什么故事？"

贾珍道："是汉高祖斩蛇起义的故事。第二本是《满床笏》。"

探春心道："却也应景。"只听贾母笑道："这倒在第二本上？也罢了。神佛要这样，也只得罢了。"又问第三本，贾珍道："第三本是《南柯梦》。"

探春听了若有所思，贾母听了亦不再言语。

宝玉一旁闲坐无事，便叫小丫头将方才清虚观的张道士所奉之物拿来一一翻看，又一件一件挑与贾母看。贾母见其中有个赤金点翠的麒麟，便伸手拿了起来，笑道："这件东西好像我看见谁家的孩子也带着这么一个。"

宝钗笑道："史大妹妹有一个，比这个小些。"

"原来是湘云儿有这个。"贾母点头笑道。

"她这么住在我们家，我也没看见。"宝玉疑道。

“宝姐姐有心，不管什么她都记得。”探春笑道。

“哼。”林黛玉鼻子里笑了一声，“她在别的上，心还有限，唯有这些人戴的东西上，越发留心。”

宝钗听说，便回头同探春说笑，只作没听见。

一时凤姐过来，一通说笑，众人又看了一会戏，至下午便回了。

盛暑之际，日长神倦，众人皆惫懒怕动，除去晨昏定省，多留在自家院内纳凉。忽听外头传言说：王夫人屋里的金钏儿投井死了，探春吃了一惊，问道：“因为什么？在哪儿？”

“就在东南角上的那口井里，才刚有人去打水看见了。”翠墨道。

“死了？”探春问。

“嗯。”翠墨点点头，“她家人还乱着救了会子，到底不中用。”

“因为什么？”探春道。

“听说前儿被太太撵了出去，在家里哭天嚎地地闹了两日，家里人也都不理会她，谁知今日竟投了井了。究竟因为什么却并不知道。”

“姑娘可要过去上房看看？”侍书道，“想必太太这会子也正伤心呢。”

探春点点头，略收拾了一下便同着侍书一道往王夫人处去。远远看见宝钗进了王夫人的院子，探春便止了步，想了想道：“罢了，回去吧。”

探春主仆才进了秋爽斋的院子，便听见外头一片声地嚷道：“可了不得了！宝二爷挨打了！快进去喊人！”探春待要细问缘由，却听见外头又有人嚷道：“快快快，太太已往前头去了。”探春听见，不及收拾，赶紧出了院门，行不几步，便看见迎春等人皆匆匆而来，一问，方知皆听着信了，众人赶忙往前头书房赶。

到了书房，却见王夫人早已是哭得死去活来，贾政亦坐在椅子上泪如雨下。王夫人边哭边数落，一声“苦命的儿”勾起旧痛，禁不住又大哭起贾珠来。那李纨一听“贾珠”二字，哪里还止得住，亦放声哭了起来。正没开交处，贾母赶到，少不得亦大哭大闹一场。贾政只得退了出去。众人七手八脚地将宝玉送入怡红院内卧好，又乱了半日，方渐渐散去。

探春出来，一眼看见贾环在不远处探头探脑，不由心中一动，脚下并不迟疑，依旧往家去，却低声叫侍书将贾环悄悄喊到秋爽斋，劈头便问他：“宝哥哥今日为什么挨的打？”

“我怎么知道？你该去问他自己才是。”贾环梗着脖子道，却不由自主地不敢看探春的眼睛。

“他已然是挨了打了，我做什么还要去问他？”探春逼视贾环道，“我如今只问你为什么？你若不说实话，我这就打发人问去，不怕问不出来。”

“他自己拉着金钏儿强奸不遂，还怪得着我不成？”贾环脱口道。

“哎呀！三爷，姑娘现在这儿呢，怎么这么口无遮拦？”侍书红着脸急道。

“是她自己逼我说的，却又与我什么相干？”贾环不服道。

探春涨红着脸道：“便如你所说，老爷又是如何知晓的？”

贾环偷眼看了看探春，见探春正拿眼瞪着他，吓得赶紧挪开眼神，哼哼唧唧道：“老爷问我，我既然知情，自然不能不实话实说。”

“那你又是如何知晓的呢？”探春道。

“自然是咱们娘说的呗。”贾环随口应道。

“别咱们，是你。”探春厉声喝道。贾环吓了一大跳，赶紧低头垂首站好。探春看着贾环，气得呼呼直喘粗气，侍书一旁吓得大气也不敢出。探春指着门对贾环道："出去！"贾环屏着一口气退了出去，一溜烟跑了。探春望着门口，怔了半晌，不知不觉竟落下泪来。

侍书上前劝解道："我方才在前头听见说，宝二爷挨打并不只为着三爷那几句话，多半还为着忠顺王府里的一个戏子，叫作什么琪官的。说许是薛大爷在老爷跟前下的火呢。"探春听了叹了口气，并未接茬。侍书亦轻轻叹了口气，道："姑娘站了半晌了，进去歇会子吧。"探春依言进了屋。

次日，探春早早便起床洗漱妥了，前往怡红院看望宝玉。李纨、迎春、惜春等人亦陆续前来问候。

待众人散尽，凤姐方陪了贾母、邢夫人、王夫人等前来探望，一时薛姨妈同宝钗等也来了。众人见宝玉看着无甚大碍，遂放下心来，凤姐始敢卖弄口舌哄贾母开心。众人说笑了一番，出了怡红院。王夫人恐贾母乏了，便欲让至上房内歇息片刻。贾母也觉有些腿酸，便点头依允。王夫人忙命丫头们先去铺设座位。

那赵姨娘因昨日贾环回来长长短短地学了探春的话，心中兀自郁闷，听说贾母等人过来了，便推病不起，也无人理她，只周姨娘与众婆娘、丫头们忙着打帘子、立靠背，铺褥子不提。

且说贾母一日不落，吃了早饭头一件事便是去探望宝玉，见他一日好似一日，心中自是欢喜，因怕贾政又来叫他会客，便命人将贾政的亲随小厮头儿唤来，吩咐道："你老爷要叫宝玉，你不用上来传话，就回他说我说了：'一则打重了，得着实将养几个月才走得；二则他的星宿不利，祭了星，不见外人，过八月才许出门。'"那小厮领命去了，贾政自然不敢违命。

那宝玉得了这话，便如得了大赦令一般，病痛都好了大半，从此放心在园内逍遥，直浪荡至八月二十日，贾政点了学差，方才与诸子弟等送至洒泪亭拜别。

第六回

贾探春雅结海棠社
史湘云巧拟菊花题

贾政一走，宝玉更似卸了笼头的骡马，每日在园中恣意游逛，直把光阴虚度，岁月空添。这日正无聊之际，见翠墨进来，手里拿着副花笺送与他。宝玉道："我才说要瞧瞧三妹妹去的，可好些了？你偏走了来。"

"姑娘好了，今日也不吃药了，不过是凉着一点儿了。多谢宝二爷挂念。"

宝玉接了花笺，展开一看，上面写道：

妹探谨奉

二兄文几：前夕新霁，月色如洗，因惜清景难逢，讵忍就卧。时漏已三转，犹徘徊于桐槛之下，未防风露所欺，致获采薪之患。昨蒙亲劳抚嘱，复又数遣侍儿问切，兼以鲜荔并真卿墨迹见赐，何痌瘝惠爱之深哉！今因伏几凭床处默之时，因思及历来古人中，处名攻利敌之场，犹置一些山水之区，远招近揖，投辖攀辕，务结二三同志盘桓于其中，或竖词坛，或开吟社，虽一时之偶兴，遂成千古之佳谈。妹虽不才，窃同叨栖处于泉石之间，而兼慕薛、林之技。风庭月榭，惜未宴集诗人；帘杏溪桃，或可醉飞吟盏。孰谓莲社之雄才，独许须眉，直以东山之雅会，让余脂粉。若蒙棹雪而来，妹则扫花以待。谨奉。

宝玉看罢，喜得拍手笑道："倒是三妹妹高雅，我如今就去商议。"一面说，一面就走。翠墨赶紧后头跟着。可巧遇着贾芸叫人送了两盆白海棠来，宝玉便叫人将花送到房里去了。到了秋爽斋，只见宝钗、黛玉、迎春、惜春已都在那里了。

探春见宝玉也来了，因笑道："我不算俗，偶然起个念头，写了几个帖儿试一试，谁知一招皆到。"

众人兴致高昂，七嘴八舌，出谋划策，皆道不可再以姐妹叔嫂相称，必得起个别号方才雅致。

李纨便自定了"稻香老农"。

探春道："我就是'秋爽居士'吧。"

“居士、主人到底不确，且又累赘。这里梧桐、芭蕉尽有，或指梧桐、芭蕉起个倒好。”宝玉摇头道。

探春听了笑道：“有了，我最喜芭蕉，就称‘蕉下客’吧。”众人都道别致有趣。

“你们快牵了她去，炖了脯子吃酒。”黛玉道。见众人不解，黛玉又笑道：“古人曾云‘蕉叶覆鹿’，她自称‘蕉下客’，可不是一只鹿了？快做鹿脯来。”众人听了都笑起来。

探春笑道：“你别忙，使巧话来骂人，我已替你想了个极妥当的美号了。”说着扭头对众人眨眨眼，“当日娥皇、女英洒泪在竹上成斑，故今斑竹又名湘妃竹。如今她住的是潇湘馆，她又爱哭，将来她想林姐夫，那些竹子也是要变成斑竹的。以后都叫她作‘潇湘妃子’就完了。”

大家听说，都拍手叫妙。林黛玉低了头方不言语。

一时，李纨亦替宝钗想了个“蘅芜君”。探春头一个笑道：“这个封号极好呢。”宝玉听了，忙问：“我呢？你们也替我想个。”宝钗便送他“无事忙”三字，李纨则送他“绛洞花主”四字。探春笑道：“你的号多得很，又起什么？我们爱叫你什么，你就答应着就是了。”宝钗便又笑送宝玉四字“富贵闲人”，宝玉哪里肯应？只得笑道：“当不起，当不起，倒是随你们混叫去吧。”

迎春、惜春自谓并无诗才，故不肯起号，探春道：“虽如此，也起个才是。”宝钗便以她二人住所之名，各送了她二人一个号，迎春叫作“菱洲”，惜春便叫作“藕榭”。

各人皆已得了号，李纨自荐做了掌坛，遂开始立定规矩，一时之间记不得改口以号相称，依旧是满口“二姑娘”“四姑娘”的，探春便笑道：“已有了号，还只管这样称呼，不如不有了。以后错了，也要立个罚约才好。”众人皆笑说“好”。

李纨自知自己与迎春、惜春皆不善作，故邀了她二人做副社长，自任社长，迎春与惜春负责限韵与誊录监场，她三人若遇容易的便作，不可强求，只宝玉、黛玉、宝钗、探春四人是必作的。

探春亦知她三人不擅此事，更有薛、林二人在前，又见迎、惜二人皆悦服，只得笑道：“这话也罢了，只是我自想好笑的，我起了个主意，反叫你们三个来管起我来了。”

宝玉是个烧虾等不得红的，立时便要作起来。探春便道："若只管会得多，又没趣了。一月之中，只可两三次才好。"

"一月只要两次就够了。拟定日期，风雨无阻。除这两日外，倘有高兴的，他情愿加一社的，或情愿到他那里去，或附就了，亦可使得，岂不活泼有趣？"宝钗道。

众人都道："这个主意更好。"

探春道："只是原系我起的意，我须得先做个东道主人，方不负我这兴。"

李纨道："既这样说，明日你就先开一社如何？"

"明日不如今日，就是此刻好。你就出题，菱洲限韵，藕榭监场。"探春道。

宝玉听了即刻拍手叫"好"。可巧李纨方才看见贾芸送进来的两盆花，便说与众人，于是众人遂以白海棠为题，各自思索起来。一时探春便先有了，自提笔写出，又改抹了一回，一面递与迎春，一面笑问宝钗："蘅芜君，你可有了？"

宝钗摇头道："有却有了，只是不好。"

探春便自取了本书看，等他们几人。不一时，宝玉亦有了。李纨便笑道：“我们要看诗了，若看完了还不交卷是必罚的。”于是先看探春的稿上写道：

咏白海棠

斜阳寒草带重门，苔翠盈铺雨后盆。

玉是精神难比洁，雪为肌骨易销魂。

芳心一点娇无力，倩影三更月有痕。

莫谓缟仙能羽化，多情伴我咏黄昏。

大家看了，称赏一会，又看了宝钗和宝玉的，宝玉便推探春的好，李纨却说宝钗的好，因见黛玉不成，众人便又催，黛玉提笔一挥而就。众人看了，都道黛玉的为上。李纨道：“若论风流别致，是推潇作；若论含蓄浑厚，终让蘅稿。”

“这评的有理，潇湘妃子当居第二。”探春颔首道。

“怡红公子是压尾，你服不服？”李纨笑问。

“我的那首原不好，这评的最公。”宝玉笑道，“只是蘅、潇二首还要斟酌。”

李纨道：“你方才还说我虽不善作却善看，又最公道，这才过了几时？原是依我评论，不与你相干，再有多说者必罚。”

宝玉听说，只得罢了。

众人遂议定每月初二、十六开社。宝玉道：“到底要起个社名才是。”

探春便道：“俗了又不好，忒新了，刁钻古怪也不好。可巧才是海棠诗开端，就呼作‘海棠社’吧。虽然俗些，因真有此事，也就不碍了。”说毕，大家又商议了一会，略用些酒果，方各自散去。

却见宝玉屋里的秋纹走来找侍书，一时去了，探春便问何事，侍书笑道：“并没什么正经事，不过是来取昨儿盛荔枝的那个缠丝白玛瑙的碟子。”探春因笑道：“宝哥哥屋里有个袭人在，什么也丢不了。”

“正是这话。”侍书笑道。翠墨闻言插嘴道：“姑娘放心，咱们这屋里有侍书大管家在，别说碟子了，想丢一根针也难。”

探春与侍书听了皆笑了起来。

次日，史湘云闻讯赶来，补作了两首，到底不尽兴，必欲自罚做个东道，也要邀一社。众人皆云：“这更妙了。”

至晚，湘云便与宝钗商量如何做东，又如何起社。

二人计议已定，第二天便索性连贾母等人一并邀了，吃螃蟹赏桂花。诗社诸人便以菊花为题拟了十二个题目，依次名为《忆菊》《访菊》《种菊》《对菊》《供菊》《咏菊》《画菊》《问菊》《簪菊》《菊影》《菊梦》《残菊》。

宴罢，湘云取了诗题，用针绾在墙上。探春等人看了便各自去想。

一会儿宝钗先有了，便蘸笔至墙上把头一个《忆菊》勾了，底下又赘了一个“蘅”字。黛玉过去将《问菊》与《菊梦》勾了，写了一个“潇”字。一时宝玉将《访菊》勾了，写上一个“红”字。

探春走来看看道：“竟无人作《簪菊》，让我作这《簪菊》。”又指着宝玉笑道：“才宣过，总不许带出闺阁字样来，你可要留神。”说着，见湘云走来将《对菊》《供菊》都勾了，也写上一个“湘”字，便笑道：“你也该起个号。”

“正是，我见你们个个都有个号，”湘云笑道，“我却叫个什么好呢？”

宝钗因方才听了贾母说起从前家中旧事，史府内原有个名叫“枕霞阁”的亭子，便送了个“枕霞旧友”的号与湘云。宝玉听了，不待湘云动手，便代她将

“湘”字抹了，改了一个“霞”字。

又有顿饭工夫，十二题已全，探春只抢了《簪菊》与《残菊》两题，分别写道：

簪菊

瓶供篱栽日日忙，折来休认镜中妆。
长安公子因花癖，彭泽先生是酒狂。
短鬓冷沾三径露，葛巾香染九秋霜。
高情不入时人眼，拍手凭他笑路旁。

残菊

露凝霜重渐倾欹，宴赏才过小雪时。
蒂有余香金淡泊，枝无全叶翠离披。
半床落叶蛩声病，万里寒云雁阵迟。
明岁秋风知再会，暂时分手莫相思。

众人看完，李纨品评，黛玉的《咏菊》《问菊》《菊梦》总揽前三甲，探春的《簪菊》紧随其后。

探春道：“到底要算蘅芜君‘秋无迹’‘梦自知’，把个‘忆’字竟烘染出来了。”宝钗笑道：“你的‘短鬓冷沾’‘葛巾香染’，也就把簪菊形容得一个缝儿也没了。”众人你一言我一语，又将诗中佳句提出反复吟咏。

众人正在品评菊花诗，只见平儿走了进来，便问她怎不见凤姐。平儿便笑说，正是凤姐差了她来讨要螃蟹的。李纨等人便皆拉了平儿不让走，硬留下她吃螃蟹。平儿拗不过，只得留下。

李纨看着平儿，赞不绝口，笑称她是凤姐的一把总钥匙，因想起贾母身边的鸳鸯遂亦夸赞了一番，宝玉便随口也赞王夫人屋里的彩霞“是个老实人”。探春却道：“可不，外头老实，心里有数儿。太太是那么佛爷似的，事情上不留心，她都知道。凡百一应事都是她提着太太醒，连老爷在家出外去一应大小事，她都知道。太太忘了，她背后告诉太太。”李纨听说便又说起宝玉屋里的袭人，说话间，不知不觉想起当日贾珠留下的屋里人，如今尽皆打发了出去，竟无一人是守得住的，说着便情不自禁滴下泪来。

众人都道：“又何必伤心，不如散了倒好。”说着便都洗了手。大家约往贾母、王夫人处问安。

第七回

刘姥姥游园开眼界
王凤姐庆生落笑柄

次日，探春见宝玉闷闷的，便问他：“昨日扰了史大妹妹，咱们回去商议着邀一社，又还了席，请老太太赏菊花，如何？”探春原以为宝玉必然是一邀即应，谁知宝玉却说：“老太太说了，还要摆酒还史妹妹的席，叫咱们作陪呢。等吃了老太太的，咱们再请不迟。”

“越往前去越冷了，老太太未必高兴。”探春犹不死心。

“老太太又喜欢下雨、下雪的，不如咱们等下头场雪，请老太太赏雪岂不好？”宝玉道，“咱们雪下吟诗，也更有趣了。”

探春只得作罢。

次日清早起来，天清气朗，贾母有心领着王夫人祖上认下的同宗王成家的亲家刘姥姥进园逛逛，凤姐、鸳鸯便与刘姥姥暗中相约，要拿她做个“女篾片”，取悦贾母。这刘姥姥乃是个久经世代的老寡妇，人情世故无不洞明，当下点头应允。酒桌上一通插科打诨，直逗得众人笑得东倒西歪，贾母更是欢喜不尽。

因桌案摆在秋爽斋的晓翠堂上，吃毕，贾母等便都往探春卧室中去闲话。

刘姥姥的外孙子板儿，因来了两趟，略熟了些，便不再拘谨，看见那洋漆架上悬着的小锤，便要去摘了击那旁边悬着的白玉比目磬，丫鬟们忙拦住他。他便又要那紫檀架上放着的大佛手吃，探春便拣了一个与他说：“玩吧，吃不得的。”那板儿拿了佛手，看见床上悬着的绣着花卉草虫的纱帐，便又跑过来看，嘴里嚷道：“这是蝈蝈，这是蚂蚱。”刘姥姥忙打了他一巴掌，骂道：“下作的夯子，没干净的乱闹。倒叫你进来瞧瞧，就上脸了。”打得板儿哭将起来。

贾母因听得外头隐隐有鼓乐之声，遂趁势向薛姨妈笑道：“咱们走吧。她们姊妹们都不大喜欢人来坐，怕脏了屋子。咱们别没眼色，正经坐一会子，吃酒去。”说着大家起身便走。探春忙笑道：“这是哪里的话？求着老太太、姨妈、太太坐坐还不能呢。”

贾母笑道："我的这三丫头却好，只有两个玉儿可恶。回来吃醉了，咱们偏往他们屋里闹去。"众人说笑着离了秋爽斋。

贾母领着众人在园中游玩，至晚，便在稻香村摆了晚饭。贾母年迈之人，逛了一天，便觉着有些懒懒的，也没吃饭，坐了竹椅小轿回去歇息了。探春等饭罢方散。

次日，探春等往贾母处问过安，便与迎春一路往回走，忽见李纨的大丫头碧月走来道："我们奶奶请二位姑娘商议要紧事呢。"

迎春问："什么事？"

探春道："到了那里自然就知道了。走吧。"

姊妹二人一路上说说笑笑，赏花观景，逛逛悠悠地来到稻香村，却见宝玉和湘云也在。探春笑道："什么大事？莫非大嫂子想要邀一社不成？"未及李纨答言，宝钗和黛玉也走了进来。李纨见了，笑道："社才起，就有脱滑的了，四丫头要告一年的假呢。"

黛玉笑道："都是老太太昨儿一句话，又叫她画什么园子图，惹得她乐得告假了。"探春笑道："也别怪老太太，都是刘姥姥一句话。"黛玉忙接道："可是呢，都是她一句话。哪一门子的姥姥，直叫她个‘母蝗虫’就是了。”说得众人都笑了。

惜春愁道：“老太太现派了我这么大个活儿，我却并不会这工致楼台，又不会画人物，竟连要用什么器具皆不甚明了，却叫我如何落笔？”

宝钗笑道：“你怎不早说？不如我帮你列个单子吧，你只照着单子和老太太要去便是了。”

惜春听了欢喜不尽，宝玉早已预备下笔砚，照着宝钗所说逐一记录。

写毕，黛玉要过单子看了一会，拉着探春悄悄道：“瞧！画画儿又要这样水缸箱子来了。想必她糊涂了，她把她的嫁妆单子也写出来了。”

探春“哎”了一声，笑个不住，说道：“宝姐姐，你还不拧她的嘴？你问问她说你的是什么话？”

“不用问，狗嘴里还有象牙！”宝钗一面说一面走了过来，把黛玉按在炕上，便要拧她的嘴。黛玉笑着满口里告饶，众人亦笑成一团。

大家又闲话了一会，至晚饭后，又一起往贾母处请安。贾母因游园劳乏了，又着了些凉，温存了一日，又吃了一剂药疏散疏散，至晚也就好了。那贾母最是个人老心不老，头一个爱热闹、喜玩笑的，病一退便着手张罗要替凤姐过生日，还说不叫她操心，只让尤氏操持，且兴致十足地要学那小家子大家凑份子。众人听了，谁不奉承?! 连赵姨娘、周姨娘也无奈各出了二两银子。

转眼便至九月初二日，尤氏将凤姐的生日置办得十分热闹。众姊妹亦皆早早打扮了给凤姐拜寿，独不见宝玉，李纨便叫丫鬟去请。丫鬟去了半天，回来说："花大姐姐说，今日一早就出门去了。"众人听了，都诧异说："再没有出门之理。这丫头糊涂，不知说话。"探春便命翠墨去。一时，翠墨回来说："可不真出了门了，说有个朋友死了，出去探丧去了。"

探春道："断然没有的事。凭他什么事，再没有今日出门之理。你叫袭人来，我问她。"刚说着，见袭人走来，一问，果然真是北静王府里的要紧姬妾没了，众人这才罢了。岂知今日亦是金钏儿的生日，宝玉一早上便编了个谎，偷偷跑出去祭奠了一番。

当日演的是《荆钗记》，宝玉回来便和姐妹们一处坐着。一时开席，众人纷纷去给凤姐敬酒。凤姐左一杯，右一杯，自觉酒沉了，便打算溜回家去歇歇。平儿心细，也忙跟了出来。

不料贾琏正在家中私会家仆鲍二家的，被凤姐撞个正着，当时便撕打起来，连带平儿也挨了打。早有人飞跑去悄悄报知尤氏，尤氏赶到，凤姐见有人来了，便不再与贾琏撒泼，一路哭着跑到贾母跟前求救。贾琏随后追来，被贾母喝止。

平儿则早被李纨拉入大观园去了。宝玉将平儿让到怡红院中，着意献了一回殷勤，也算是意外之喜。一时李纨打发丫头来唤平儿，探春、宝钗等皆在稻香村内，见平儿来了，众人好一通抚慰。贾母亦特打发大丫鬟琥珀来传话说，知道她受委屈了，明儿叫凤姐给她赔不是。平儿这才自觉面上有了光辉。

众人见平儿业已平复，便各自散了。

探春回到秋爽斋，却见赵姨娘喜笑颜开地等在屋里。探春不快道："这么晚了，姨娘怎不歇息？"

"歇什么？"赵姨娘笑道，"这园里园外的，你看见谁歇了?！"

侍书等人见状便皆退了出去。

"姨娘有事便说，若无事，我要歇息了。"探春冷冷道。

赵姨娘并不理会探春，兀自笑道："你瞧她兴的那样！什么钱都要，要那些钱留着明儿买棺材使啊？这下好，自己打脸了吧？就算钱再多，爷们儿不爱也没法儿！攒的那些钱正好让自己爷们儿填补旁人。”

“姨娘若是就为了来说这几句话的，便就此打住吧，我并不想听。”探春听她说得不堪，涨红了脸不耐烦道，“况且姨娘不是说珍大嫂子将银子都还给你了么？”

“你小声点。”赵姨娘惊道，见房门关着，还不放心，又轻轻走到门边侧耳向外听了听，这才又回来对探春道，“你还是不是我肠子里爬出来的？怎么就一点儿也不向着我说话，反倒像是个冤家对头似的？”

“是！我是从姨娘肠子里爬出来的，谁又不知道我是从姨娘肠子里爬出来的呢?！”探春哭道，“你老人家大晚上的不睡觉，特为来提醒我是从姨娘肠子里爬出来的么？”

“哎，你哭什么呀！”赵姨娘慌道，“我不过是想来和你说几句体己的话，你就这样！”

探春愤愤道：“姨娘的体己话还是烂在自己肚子里的好！和谁也不必说，更不必来同我说。你若真心为我好，少来寻我便是阿弥陀佛了。”说着气得扭头不看赵姨娘，“姨娘也累了一天了，还是早点回去歇息吧。”

赵姨娘张了张嘴，却也无话可说，只得讪讪道：“我走了，你也早些歇息吧。”探春看她出去了，气得伏到床上，蒙头大哭。

次日早起，侍书拿凉水替探春细细地敷了眼睛，又拿玉簪花粉扑了两遍，仔细端详了，方领首自语道：“嗯，一点看不出。”探春自己也对着镜子左右瞧了，这才放心。

“姑娘这就给老太太请安去？”侍书问。

“且等一会再去。”探春想了想道，“琏二哥今日一早必定要去见老太太，何必叫他尴尬！”

“正是呢。”侍书笑道，“一早便看见大奶奶陪着平姐姐往老太太那边逛呢！”

主仆二人正自说笑着，看见迎春走来，探春忙迎上去行礼，心知迎春亦是不想与贾琏迎头撞上之意，便笑道：“我们去约了四妹妹一同去给老太太请安吧。”迎春笑道：“我也正这么想呢。走吧。”

等她姊妹三人到了贾母处，见李纨等人皆在贾母处，凤姐、贾琏与平儿三人早被贾母遣了老嬷嬷送回房去了。众人闭口不提昨日之事，单替惜春向贾母讨要画器。贾母见了她们所列的单子，笑道：“我可不管这些，我只管要那画儿。四丫头你可别偷懒，不能只画这园子，必得连人都画上，要像个‘行乐’似的才好。”

惜春皱眉道：“巧妇难为无米之炊，我哪里得这些东西？”

贾母想了想道：“只怕后楼底下还有当年剩下的。找一找，若有呢，拿出来；若没有，叫人买去。”

惜春听了笑道：“这些画画用的器具，新的倒还好，若用过了重又再放着，时日久了只怕就不大中用了。”

“既是这样，缺什么便叫人去买吧。”贾母笑道，“我可等着看画儿呢！”

探春笑道：“那咱们还待在这儿做什么？赶紧找凤姐姐去呀！昨儿不是说好了要拉她做个监社，也免得后头还有人躲懒耍滑的么？”

众人听说，皆笑了起来。贾母道：“什么监社？说来我也笑笑。”

“先不告诉您，等我们去捉了二奶奶，再来回禀老祖宗。”探春笑道。

贾母哈哈笑道：“好好好，你们且去，我只等着瞧热闹便是。”

第八回

请监社探春邀熙凤
学作诗香菱拜黛玉

探春等人一径来至凤姐院内，凤姐正在屋内安抚平儿，忽见众人进来，忙让了座。平儿斟上茶来，凤姐笑道："今儿来得这么齐全，倒像下帖子请了来的。"

探春先笑道："我们有两件事，一件是我的，一件是四妹妹的，还夹着老太太的话。"

"有什么事，这么要紧？"凤姐笑道。

"我们起了一个诗社，头一社就不齐全，众人脸软，所以就乱了。我想必得你去做个监社御史，铁面无私才好。"探春笑道，"再四妹妹为画园子的图儿，用的东西这般那般不全，才回了老太太。老太太说找得到最好，找不到便只同你要。"

凤姐听了笑道："我又不会作什么湿的干的，要我吃东西不成？"

探春笑道："你虽不会作，也不要你作诗，只监察着我们里头有偷安的，有怠惰的，该怎么样罚就是了。"

"你们别哄我了！"凤姐笑道，"我猜着了，哪里是请我做监社，这分明是叫我做一个进钱的铜商！你们算什么社，必是要轮流做东道的。你们月钱不够花了，想出这个法子来勾了我去，好和我要钱。可是这个主意？"

一席话，说得众人都笑了起来。李纨又与凤姐一通说笑，怪她昨日打了平儿。凤姐便玩笑着又当众与平儿赔了不是。众人又说了会子闲话，李纨方领了众姊妹回园中来。

至晚，果然凤姐命人找了许多旧收的画具出来，送至园中。宝钗等选了一会，各色东西可用的只有一半，将那一半又开了单子，与凤姐去照样置买。此后，探春等人便都往惜春处闲坐，宝玉更每日都在惜春处帮忙，一则观画，二则便于会面。

这日，几人在贾母处请了安，又陪贾母闲话了一会，便打算去惜春处说话，却见鸳鸯同她嫂子走来，她嫂子一路笑嘻嘻跟着鸳鸯。谁知鸳鸯见了贾母，"扑通”跪下，把她嫂子唬了一大跳。鸳鸯跪在地上，一边哭，一边说，将贾赦打发邢夫人同她嫂子来劝她做妾之事一一道来。李纨一听见鸳鸯这话，早带了姊妹们出去了。

探春是个有心之人，外头听见贾母迁怒王夫人，心想，王夫人虽委屈，如何敢辩？薛姨妈现是亲姊妹，自然也是不好劝的，宝钗也不便为姨妈辩，李纨、凤姐、宝玉一概不敢辩，这正是用着女孩儿之时。迎春老实，惜春又小，因此在窗外听了一听，便走进来，赔笑向贾母道：“这事与太太什么相干？老太太想一想，也有大伯子要收屋里人，小婶如何知道？便知道，也推不知道。”话未说完，贾母笑道：“可是我老糊涂了！”遂叫宝玉过来给王夫人跪下赔礼，又怪凤姐不提醒自己。凤姐笑道：“谁叫老太太会调理人，调理得水葱儿似的，怎么怨得人要？我若是孙子，我早要了，还等到这会子呢！”贾母便戏言要将鸳鸯送与贾琏，好叫贾赦没脸再要。凤姐忙笑道：“他不配，只我和平儿这一对烧糊了的卷子和他混吧。”说得众人都笑了起来。

忽见丫鬟来回说：“大太太来了。”薛姨妈、王夫人并众人知道贾母必定有话要说，皆恐碍着邢夫人的脸面，都寻个由头退了。

李纨、探春等便依旧往惜春处去，李纨笑道：“凤丫头听说要把鸳鸯给琏二爷，吓得脸都白了。”探春笑道：“岂止是她，便是平儿也是不愿意的。”

“这话倒奇了，鸳鸯也是个极能干的，她若真到了凤丫头房里，岂不省了平儿多少事？”李纨道。

探春笑道：“你忘了上回螃蟹宴，你夸老太太屋里要是没了鸳鸯，不知叫人诓骗了多少去呢！又说她心也公道，且常替人说好话儿，还不依势欺人的，平儿当时是怎么说的？”

“哎呀，我倒真记不得了。她那时正吃螃蟹呢，没说话呀！”李纨笑道。

“怎么没说？”探春笑道，“她说：‘那原是个好的，我们哪里比得上她？’”

“还是你心细，那日我却也不曾留意。”宝钗笑道，“不过我看鸳鸯那丫头倒的确也是个烈性子呢，若真跟凤丫头聚在一处，还不闹得鸡犬不宁啊！还是平儿柔顺，大家省心。”

…………

转眼到了十四日，贾母原应承了赖嬷嬷上她家看戏去。黑早，赖大的媳妇便进来请。贾母高兴，便带了王夫人、薛姨妈及宝玉姊妹等一同前去。

赖家亦有个园子，众人各处逛了逛。探春见他家园子虽不大，却也有小半个大观园大，观之也是十分齐整，一样也有泉石林木、楼阁亭轩，却并不见几个役使之人，心中好奇，便与赖家的姑娘闲聊问询，这才知道他们家的园子包与别人侍弄，自家非但不必操心，他们娘们戴的花儿，吃的笋、果、鱼、虾之外，年终还有二百两银子收缴。探春听了，不由得摇头叹息，感慨不已。

贾母坐了半日便觉疲乏，遂领着女眷们回了。谁知她们娘们走不多时，席上便出了事。原来薛蟠拿言语轻薄了一个名叫柳湘莲的落魄世家子弟，被他好一顿打。打完之后，那柳湘莲便逃走了。薛蟠羞于见人，在家装病躲了一阵子便随着伙计们出远门去了，香菱因此倒得了个跟着宝钗住进大观园的机会。

这香菱往常看见宝钗等人吟诗作赋，心中羡慕不已，此番好容易得着机会进园长住，喜不自禁，当晚便拜了黛玉为师学作诗。这一开头，便如走火入魔一般，日思夜虑，十分用心。探春听她短短数日便已评讲得头头是道，不禁笑道："明儿我补一个东道来，请你入社。"

香菱笑道："姑娘何苦打趣我？我不过羡慕，才学着玩罢了。"

探春亦笑道："谁不是玩？难道我们是真作诗呢！若说我们认真成了诗，出了这园子，把人的牙还笑倒了呢。"

"这也算自暴自弃了。"宝玉道，"前日我在外头和相公们商议画儿，他们听见咱们起诗社，求我把稿子给他们瞧瞧。我就写了几首给他们看，谁不真心叹服?!他们都抄了刻去了。"

探春、黛玉忙问道："这是真话么？"

"说谎的是那架上的鹦哥儿。"

黛玉、探春听说，都道："你真真胡闹！且别说那不成诗，便是成诗，我们的笔墨也不该传出去。"

"这怕什么！"宝玉道，"古来闺阁中的笔墨不要传出去，如今怎有人知道呢？"

正说着，惜春打发了入画来请宝玉。宝玉方去，香菱便催着黛玉替她换出杜诗来，又央告黛玉、探春二人："出个题目，等我诌去，诌了来，替我改正。"

黛玉道：“昨夜月景甚好，我正要诌一首，竟未诌成，你就作它一首来。十四寒的韵，由你爱用哪几个字去。”

香菱听了，便忙去想去了，好容易茶饭不思地想了一首，拿给黛玉看。黛玉却说她措辞不雅，叫她放开胆子再重作。那香菱也不回房，只在池边树下，或坐在石上出神，或蹲在地下抠土，来往的人都诧异。李纨、探春、宝钗、宝玉等听得此信，都远远地站在山坡上瞧着她笑，只见香菱兴头头地又往黛玉那边去了。

探春笑道：“咱们跟了去，看她有些意思没有。”说着，一齐都往潇湘馆来，只见黛玉正拿着诗和她讲究呢。众人便要了诗看，香菱本以为这首妙绝，岂知黛玉、宝玉都说不算甚好，便自顾走至阶前竹下思索起来，抠心搜肠，耳不旁听，目不他视。

探春隔窗见了，忍不住笑说：“菱姑娘，你闲闲吧。”

“‘闲’字是十五删的，”香菱怔怔地答应道，“错了韵了。”

众人听了，不觉大笑起来。

宝钗道：“可真是诗魔了，都是颦儿引的她！”黛玉笑道："圣人说'诲人不倦'，她又来问我，我岂有不说的理？"李纨笑道："咱们拉她往四妹妹房里去，引她瞧瞧画儿，叫她也醒一醒才好。"

众人来至藕香榭，香菱看惜春的画上有几个美人，便指着笑道："这个是我们姑娘，那个是林姑娘。"探春见她犹自迷迷瞪瞪的，笑道："既是会作诗的都画在上头，你快学吧。"众人便又拿香菱玩笑了一会。

话说那香菱苦志学诗，精神诚聚，竟于梦中得了八句，拿与众人看了，皆说好，且要邀她入社。正说着，有小丫头来报：宝钗的堂妹薛宝琴兄妹、李纨的寡婶带着两个女儿李纹、李绮并邢夫人的侄女儿邢岫烟等人来了。众人忙去贾母房中相见。

宝玉回到怡红院正同袭人等夸赞新来的几个姐妹并宝钗的堂弟薛蝌，探春笑着进来找他。

"咱们的诗社可兴旺了。"探春喜道。

宝玉笑道："正是呢。这是你一高兴起诗社，所以鬼使神差来了这些人。但只一件，不知她们可学过作诗不曾？"

"我才都问了，她们虽是自谦，看其光景，没有不会的。便是不会也没难处，你看香菱就知道了。"探春笑道。

一旁袭人笑道：“都说薛大姑娘的妹妹更好呢，三姑娘才看着怎么样？”

“果然的话。据我看怎么样，连她姐姐并所有这些人总不及她。”探春道，“老太太一见了，喜欢得无可不可，已经逼着太太认了干女儿了。老太太要养活，才刚已经定了。”

宝玉喜的忙问道：“果然的？”

“我几时说过谎！”探春又笑道，“有了这个好孙女儿，就忘了你这孙子了。”

“这倒不妨，原该多疼女儿些才是正理。明儿十六，咱们可该起社了。”

“林丫头刚起来了，二姐姐又病了，终是七上八下的。”

“二姐姐又不大作诗，没有她又何妨？”

“率性等几天，等她们新来的混熟了，咱们邀上她们岂不好？这会子大嫂子、宝姐姐自然心里没有诗兴，况且湘云又没来，颦儿才好了，人人不合式。不如等着云丫头来了，这几个新的也熟了，颦儿也大好了，大嫂子和宝姐姐心也闲了，香菱诗也长进了，如此邀一社岂不好？咱们两个如今且往老太太那里去听听，宝姐姐的妹妹不算，她一定是咱们家住定了的。倘或那三个要不在咱们家住，咱们央告着老太太留下她们，也在园子里住下，岂不多添几个人？越发有趣了。”

宝玉听了，欢喜道：“倒是你明白。我终究是个糊涂心肠，空欢喜一会子，却想不到这上头。”

说着，兄妹二人一齐往贾母处去。贾母已自留下了邢岫烟并李婶母女，可巧保龄侯史鼐迁委了外任，贾母便又接了湘云来家。一时间，大观园内热闹非凡。

第九回

芦雪庵联诗乐陶陶
议事厅赏银悲切切

这日李纨见落了雪，便打发小丫头各处去请，商议起诗社之事。众人闻讯无不欢喜，皆赶至稻香村会合，约定等雪下一夜，次日赏雪开社。

次日一早，宝玉头一个便到了约定地点芦雪庵，丫头们却回说：“姑娘们吃了饭才来呢。”宝玉听了，只得往回走。刚至沁芳亭，只见探春正从秋爽斋出来，围着大红猩猩毡斗篷，戴着观音兜，扶着一个小丫头，后面一个妇人打着一把青绸油伞，衬着雪景，煞是好看。探春抬头也看见了宝玉，便迎着他走过来，看他披着一件玉针蓑，头戴金藤笠，脚踩沙棠屐，“噗嗤”笑道：“你这身打扮倒真像个渔翁了。”

“北静王爷送的。”宝玉笑道，“三妹妹是去老太太那儿吗？”

“是。你呢？”

“我来早了，还没吃饭呢！同你一起去老太太那儿混吃的吧。”

二人到了贾母房中，一时众姊妹也都来了。宝玉和湘云同凤姐要了块鲜鹿肉，算计着要自己烤着吃。李纨便同探春先过去预备作诗的事，一时议定了题韵，题目是：“即景联句，五言排律一首，限二萧韵。”叫小丫头拿去墙上贴了。

探春笑道：“你闻闻，香气这里都闻见了，我也吃去。”说着便离了李纨，找湘云他们去了，只见湘云正拉了平儿和宝玉，三个正围着火烤肉呢。探春见了，赶紧过去跟着一起舞弄起来。

众人吃毕，洗漱了一回，一齐来至地坑屋里，拈阄定了联句次序。凤姐因担着监社之名，便也凑趣起了个头：

一夜北风紧，

李纨便替她写上，自己联道：

开门雪尚飘。入泥怜洁白，

底下该着香菱：

匝地惜琼瑶。有意荣枯草，

探春忙接道：

无心饰萎苕。价高村酿熟，

李绮道：

年稔府粱饶。葭动灰飞管，

……

众人你一句我一句，先还按事先拈好的次序来，念着念着便乱了。湘云才捷，宝钗、宝琴、黛玉三人战她一人。湘云笑着抢接宝琴的“伏象千峰凸”道：

盘蛇一径遥。花缘经冷聚，

见众人皆忙着赞好，探春赶紧接道：

色岂畏霜凋。深院惊寒雀，

湘云抢得口渴，忙着喝茶呢，便被邢岫烟抢了去，联道：

空山泣老鸦。阶墀随上下，

急得湘云忙不迭丢下茶杯，赶紧又来抢句。宝琴、黛玉不甘示弱，亦抢个不歇。众人也顾不得作诗了，只看她三人对战，皆笑得直不起腰来。

探春早已料定没有自己联的份了，便命写出来。宝琴接着黛玉的“无风仍脉脉”道“不雨亦潇潇”，却见湘云早已笑软了。探春因笑道：“没收住呢。”李纨听了，接过来便联道：

欲志今朝乐，

李绮这才抢了一句道：

凭诗祝舜尧。

李纨笑道："够了，够了！虽无作完了韵，若生扭用了，倒不好。逐句评去，都还一气，只是宝玉又落了第了。"遂罚他去妙玉的栊翠庵讨要红梅。

一时，宝玉笑嘻嘻地背了一枝红梅回来了。众丫鬟忙接过插入瓶中，众人都笑称谢。宝玉笑道："你们赏玩吧，也不知费了我多少精神呢。"说着，探春递过一杯暖酒来，众丫鬟上来接了蓑笠替他掸雪。众人又叫宝玉写几首红梅花的诗来一并作罚，一时宝玉写毕，众人正在品评，贾母坐着小竹轿也来凑趣。李纨忙捧了手炉递与贾母，探春另拿了一副杯箸来，亲自斟了暖酒，奉与贾母。贾母便接了饮了一口，又吃了点糟鹌鹑的腿子，因恐芦雪庵太过潮湿，便叫众人挪至藕香榭，顺便去看看惜春的画儿画得如何了。才到藕香榭，说不得几句话，凤姐便寻了来，请吃晚饭去。饭毕方散。

转眼又至年下，凤姐一人最忙，其余姊妹们不过是陪着老太太猜猜灯谜、赶赶围棋、抹抹骨牌、拜拜祖、看看戏便混过了元宵。

刚将年事忙过，凤姐便小月了，在家一月不能理事，天天两三个太医用药。王夫人便将家中琐碎之事，一应都暂令李纨协理。李纨是个尚德不尚才的，未免逞纵了下人，王夫人便命探春合同李纨裁处。那凤姐平生争强斗智，心力使亏，虽系小月，竟着实亏虚下来，一时竟难痊愈。王夫人恐探春与李纨骤难卸事，园中人多，再失了照管，便又特请了宝钗来一同照看。

探春同李纨相住间隔，二人近日同事，不比往年，来往回话人等亦不便宜，故二人议定：每日早晨皆到园门口南边的三间小花厅上去会齐办事，吃过早饭于午错方回房。这小花厅上题有一匾，上书“辅仁谕德”四字，家下俗呼皆叫作议事厅。如今探春姑嫂二人每日卯正至此，午正方散，直似那上朝坐班的官员一般，一日亦不懈怠。凡一应执事媳妇来往回话者，络绎不绝。

众人原想探春不过是个未出阁的年轻小姐，且素日遇见也最和平恬淡，因此都不甚在意，暗地里便惫懒了许多。然只三四日后，几件事过手，便渐渐地觉出探春精细处不让凤姐，只不过是言语安静、性情和顺些罢了。再加上宝钗受了王夫人之托，每日临寝前皆坐了小轿，带领园中上夜人等，各处巡察一遍，众人反比凤姐当权时倒更谨慎了些。因此里外下人都暗中抱怨说：

“刚刚的去了一个‘巡海夜叉’，又添了三个‘镇山太岁’，率性连夜里偷着吃酒玩的工夫都没了。”

这日，王夫人往锦乡侯府去赴席。李纨与探春早已梳洗，伺候出门去后，才回至厅上坐下，刚吃茶时，只见吴新登家的媳妇进来回说：“赵姨娘的兄弟赵国基昨儿死了。昨儿回过太太了，太太说知道了，叫回姑娘、奶奶来。”说毕，便垂手旁侍，再不言语。

这媳妇子心中早已打定主意，若是凤姐跟前，她自然献勤说出许多主意，又查出许多旧例来任凤姐拣择施行，偏此时她觑着回话的人多，故意只说出这一句话来便闭口不言，实则心里藐视李纨老实，探春又是个年轻的姑娘，正要这事来试试她二人有何主见。听她这一说，厅内厅外来回话的诸执事媳妇们皆闭气敛声等着看热闹。

探春便先问李纨意思，李纨想了想，叫按着袭人例赏银四十两。吴新登家的媳妇听了，也不多话，应了个“是”，拿了对牌就走。一众媳妇听了皆悄悄地挤眼嘛嘴。

“你且回来，”探春道，吴新登家的只得回来，“你且别支银子去。我且问你，那几年老太太屋里的几位老姨娘，也有家里的，也有外头的，这有个分别。家里的若死了人，是赏多少？外头的死了人，是赏多少？你且说两个我们听听。”

“这也不是什么大事，赏多赏少，谁还敢争不成？”吴新登家的本是忘了，见探春问她，只得赔笑道。

探春听她这样说话，心内便有几分不快，面上笑道：“这话胡闹。依我说，赏一百两倒好。若不按例，别说你们笑话，明儿也难见你二奶奶。”

“既这么说，我查旧账去，此时却记不得。”吴新登家的忙道。

“你办事办老了的，还记不得，倒来难我们？”探春笑道，“你素日回你二奶奶也现查账去？若有这个道理，凤姐姐还不算厉害，也就算是宽厚了！”说着沉下脸来：“还不快找来我瞧。再迟一日，不说你们粗心，反像我们没主意了。”

吴新登家的满面通红，忙答应着转身出来。众媳妇们都伸舌头，这才又回别的事。

一时，吴新登家的取了旧账来。探春接过来看了，上面有两个家里的皆赏二十四两，两个外头的皆赏四十两，别有两个外头的，一个赏过一百两，一个赏过六十两，这两笔底下皆注有缘故：一个是隔省迁父母之柩，外赏六十两；一个是现买葬地，外赏二十两。探春便递与李纨看了，说道："给他二十四两银子。把这账留下，我们再细看看。"吴新登家的此时一句多话也不敢讲，答应着去了。

探春等人正说着事，忽见赵姨娘走了进来，李纨、探春忙让她坐下。赵姨娘开口便说："这屋里的人都踩下我去还罢了，姑娘你也想一想，该替我出气才是。"一面说，一面便眼泪鼻涕哭了起来。探春忙道："姨娘这话说谁？我竟不解。谁踩姨娘？说出来我替姨娘出气。"

"姑娘现踩我，我告诉谁去！"赵姨娘没好气道。

探春听说，忙站起来道："我并不敢。"

李纨闻言也忙站起来劝道："可是姨娘多心了，三丫头最是孝顺了。"

赵姨娘见李纨起身，忙道："你们请坐，听我说。我在这屋里熬油似的熬了这么大年纪，又有你和你兄弟，这会子连袭人都不如了，我还有什么脸？"指着探春道，"连你也没脸面！"

"原来为这个，我并不敢犯法违理。"探春强笑道，一面说一面就坐了，拿账翻与赵姨娘瞧，见赵姨娘生气扭头不看，便逐条念与她听，见赵姨娘气得嘴唇颤抖，说不出话来，便又说道，“这是祖宗手里的旧规矩，人人都依着，偏我改了这例不成？不但袭人，将来环儿收了外头的女孩儿，自然也是同袭人一样。这原不是什么争大争小的事，讲不到有脸没脸的话上。他是太太的奴才，我是按旧规矩办的。说办得好，领的是祖宗的恩典、太太的恩典；若说办得不匀，那是他糊涂不知福，也只好凭他抱怨去。太太连房子赏了人，我有什么有脸之处？一文不赏，我也没什么没脸之处。”探春越说越来气：“依我说，太太不在家，姨娘安静些养神罢了，何苦只要操心？太太满心里疼我，因姨娘每每生事，几次寒心。我但凡是个男人，可以出得去，我必早走了，另立一番事业，那时自有我一番道理。偏我是个女孩家，一句多话也没有我说的。太太满心里都知道，如今因重看了我，才叫我照管家务。还没有做一件好事，姨娘倒先来作践我。倘或太太知道了，怕我为难，不叫我管了，那才正经是没脸呢！连姨娘真也没脸！”说着不觉悲从心生，滚下泪来。

赵姨娘一时语塞，只得强说道：“太太疼你，你越发该拉扯拉扯我们。你只顾讨太太的疼，就把我们忘了。”

“我怎么忘了？叫我怎么拉扯？这也问他们各人，哪一个主子不疼出力的奴才？哪一个好人用人拉扯来着？”

“姨娘别生气。也怨不得姑娘，她满心里有拉扯的心，口里怎么说得出来！”李纨在旁劝道。

探春一听更加来火，气道：“这大嫂子也糊涂了。我拉扯谁？谁家的姑娘拉扯奴才来着？他们的好歹，自然你们该知道，与我什么相干?!”

赵姨娘听她说得决绝，亦不禁火起，怒道：“谁叫你拉扯别人去了？你不当家，我也不来问你。你如今说一是一，说二是二。如今你舅舅死了，你多给二三十两银子，难道就不依你？太太是好太太，都是你们尖酸刻薄，可惜太太有恩无处施。姑娘放心，这也使不着你的银子。明儿等出了阁，我还想你额外照看赵家呢。如今没有长羽毛，就忘了根本，只拣高枝飞去了！”

不待听完，探春已气得脸白气噎，抽抽咽咽地一面哭，一面盯着赵姨娘问道：“谁是我舅舅？我舅舅年下才升了九省检点去了，哪里又跑出一个舅舅来了？我倒素习按礼尊敬，越发敬出这些亲戚来。既这么说，每日环儿出去，为什么赵国基又站起来，又跟他上学去？为什么不拿出舅舅的款来？”

李纨听她说得没了把门的了，急着想劝却又寻不出合适的话说，只得不停地“哎呀！哎呀！”

探春犹自说道：“何苦来，谁不知道我是姨娘养的？必要两三个月便寻出一个由头来，彻底子翻腾一阵，生怕人不知道，故意地表白表白，也不知谁给谁没脸？幸亏我还明白，但凡糊涂不知道理的，早急了。”

赵姨娘也不甘示弱，探春说着，她也喋喋不休地自顾唠叨个没完。

第十回

破除陈规革故鼎新
改良旧制开源节流

议事厅内正不可开交处，忽听有人说："二奶奶打发平姑娘来了。"

赵姨娘一听，便如听了圣旨一般，立时住了口，见平儿进来，赶忙赔笑给平儿让座，又忙问："你奶奶好些？我正要瞧去呢，就只没得空儿。"李纨见平儿进来，因问她来做什么。平儿笑道："我们奶奶说，赵姨奶奶的兄弟死了，恐怕大奶奶和姑娘不知有旧例，若照常例，只得二十四两。如今请姑娘、奶奶裁度着，再添些也使得。"

"又好好的添什么？"探春拭去泪痕，"谁又是二十四个月养的？不然也是那出兵放马背着主子逃过命的不成？"说着又冷冷一笑，"你主子真个倒巧，叫我开了例，她做好人，拿着太太不心疼的钱，乐得做人情。你告诉她，我不敢添减，混出主意。她添她施恩，等她好了出来，爱怎么添，怎么添去。”

平儿一来已明白了对半，又听探春这一番话，越发会意，见探春面带怒容，便不敢以往日喜乐之时相待，只一边垂手默侍。恰宝钗从上房中来，探春等忙起身让座。

因探春才哭了，便有三四个小丫鬟捧了洗漱之物进来伺候。平儿见侍书、翠墨皆不在跟前，便忙上前亲自服侍。有媳妇进来回事道：“回奶奶姑娘，家学里支环爷和兰哥儿一年的公费。”

平儿训斥道：“你忙什么！你睁着眼睛看见姑娘洗脸，你不去伺候着，先说话来。二奶奶跟前你也这么没眼色来着？”唬得那媳妇忙赔笑说：“我粗心了。”一面说，一面忙退出去。

探春一面匀脸，一面向平儿冷笑道：“你迟来了一步儿，还有可笑的。连吴姐姐这么个办老了事的，也不查清楚了，就来混我们。幸亏我们问她，她竟有脸说忘了。我说她回你主子事也忘了再查去？我料着你那主子未必有耐性儿等她去查。”

“她有这一次，包管腿上的筋早折了两根了。”平儿忙笑道，“姑娘别信，她们瞅着大奶奶是个菩萨，姑娘又是个腼腆小姐，固然是托懒来混。”说着，又向门外道，“你们只管撒野，等奶奶大安了，咱们再说。”门外众媳妇子忙不迭辩白，平儿又教训了几句方罢，又转对探春说，诸般事宜皆请探春等人酌情添减，方不负了素日与凤姐的情义。

李纨、宝钗听了皆赞道：“好丫头，怨不得凤丫头偏疼她！”

探春亦忍不住笑道：“我一肚子气，没人煞性子，正要拿她出气去，偏她蹦了来，说了这些话，叫我也没了主意了。”

赵姨娘见众人说话，自己插不上嘴，站着也无趣，便悄悄出去了，众人都只作不见。

探春叫进方才那媳妇来问：“环爷和兰哥儿家学里这一年的银子，是做哪一项用的？”

“一年学里吃点心，剩的买纸笔，每位有八两银子的使用。”那媳妇回道。

“凡爷们儿的使用，都是各屋里领了月钱的。环哥儿的是姨娘屋里领二两，宝玉的是老太太屋里袭人领二两，兰哥是大奶奶屋里领，怎么学里每人又多这八两？

原来上学去的是为这八两银子！”探春道，“从今儿起，把这一项蠲了。”转脸对平儿道，“平儿，回去告诉你奶奶，就说我的话，把这一条务必免了。”平儿忙应了。

这时有园子里的媳妇将探春和李纨的饭送来，平儿见了也忙帮着上菜。探春笑道：“你说完了话，你去罢了，在这里忙什么？”

“我原没事的。二奶奶打发了我来，一则说话，二则恐这里人不方便，原是叫我帮着妹妹们服侍奶奶、姑娘的。”平儿笑道。

探春一笑，问道：“宝姑娘的饭怎么不端来一处吃？”丫鬟们听说，忙出至檐外命媳妇们去说：“宝姑娘如今在厅上一处吃，叫他们把饭送了来。”

探春听见，便故意高声道：“你别混支使人！那都是办大事的管家娘子们，你们支使要饭要茶的，连一个高低都不知道！平儿这里站着做什么？你叫叫去。”平儿忙答应了一声出去了。

外头那些媳妇们见了平儿，忙请坐了，奉上茶水，自有小丫头子跑去传饭。平儿站了许久，也着实累了，见她们拿坐褥在太阳地下的石矶上铺了，便坐了下来，又说了她们几句，关照众人切莫“鸡蛋碰石头”。众人道：“我们何尝敢大胆了？都是赵姨奶奶闹的。”

“罢了，好奶奶们，”平儿悄笑道，“‘墙倒众人推’。那赵姨奶奶原有些到三不到两的，有了事都就赖她。”众人皆笑道：“如何敢？”又闲话了几句，平儿笑道：“那三姑娘虽是姨娘的姑娘，你们都看见了，二奶奶这些大姑子、小姑子里头，也就只单惧她五分。你们这会子倒不把她放在眼里了。”众人又连声笑道：“如何敢？再不敢！”正说着，宝钗的饭至，平儿忙进去服侍。

一时饭毕，探春气方渐平，因向平儿道：“我有一件大事，要和你奶奶商议，如今可巧想起来。你吃了饭快来，宝姑娘也在此，咱们四个人商议了，再细细地问你奶奶可行可止。”

平儿答应着回去了。凤姐因问她为何去这一日，平儿便笑着将方才之事细细说与她听。凤姐听了笑道：“好，好！好个三姑娘！我说她不错，只可惜她命薄，没托生在太太肚子里，且也太嫩了点，立威的心也忒急了点。她这今儿把哥儿们学里这一项银子给免了，岂不知便先已得罪了一个人。”

“可不？”平儿笑道，“大奶奶那样一钱如命的人，一年平白叫她给蠲了八两银子。”

“你没听她们说么？下雪那回她们起社，她竟叫宝玉、林丫头、宝丫头和三丫头几个，一人拿了一两银子出来，一两银子。”凤姐打鼻子里冷笑了一声，“倒是没叫香菱、薛二姑娘和邢大姑娘也拿钱出来，还算好歹遮些脸面，不过也正好不叫李纹、李绮两个出钱了，她那点子算计也只好糊弄个宝玉罢了。那宝丫头、林丫头并着三丫头，这几个哪个不是七窍玲珑的心肝？我说她几句竟还有脸说我是‘无赖泥腿，市俗家常，打算盘分斤拨两’的。她倒是国子监祭酒调教出来的，不俗，只是一般地拿钱看得这样重。那日若不是她把话头转到你身上，我且有话对她呢！”

“奶奶还是先别忙着翻那些陈芝麻烂谷子了，先说说今日这事允不允吧。”平儿笑道。

“怎么不允？！今日这事岂止是大奶奶？”凤姐冷笑道，“那赵姨奶奶一个铜板没争着，反失了八两银子，岂能善罢甘休？再外头的璜大奶奶那些人，哪个是省油的灯，明里争不过你，暗里算计你，上哪里去防？这也正是多少事我不敢动手的缘故。她这么一来，倒正碰了我的机会，我正愁没个膀臂呢。虽有个宝玉，他又不是这里头的货，大奶奶要充佛爷，二姑娘也不中用，四姑娘还小，兰小子就更小了，那小环儿更是个燎毛的小冻猫子，只等有热灶火炕让他钻去吧。真真一个娘肚子里跳出这样天悬地隔的两个人来，我想到这里就不服。”

平儿听了亦是点头叹息，主仆二人又论了几句家常，不免又说到探春身上。凤姐忍不住叹息道：“倒只剩了三姑娘一个，心里嘴里都也来得，又是咱们家的正人，上回因为鸳鸯的事，太太心里又格外地疼她，虽然面上淡淡的，皆因是赵姨娘那老东西闹的。太太心里正经拿她和宝玉一样疼呢！比不得环儿，实在令人难疼，要依我的性子早撵出去了。如今她既有这个主意，正该和她协同，大家做个膀臂，我也不孤不独了。”

平儿笑道：“奶奶怎么就孤独了？我竟不是个人么？”

“不敢埋没你平姑娘的功劳。”凤姐笑道，“只是你我一体，又当别论了。按正理，天理良心上论，咱们有她这么一个人帮着，咱们也省些心，于太太的事也有益。她虽是姑娘家，心里却事事明白，不过是言语谨慎。她又比我知书识字，更厉害一层了。”

平儿听了频频点头。凤姐又嘱咐了平儿几句，方叫她陪着一起吃了饭，赶紧去议事厅，看探春要商议何事。

饭罢，平儿到了探春处，只见院中寂静，只有丫鬟、婆子在窗外听候。平儿进入厅中，见她姊妹三人正议论些家务，说的便是年内赖大家来请吃酒，他家花园中的事。见她来了，探春便命她脚踏上坐了，同她说起姑娘们每月二两月银，却又另设了二两与外头的买办负责采购脂粉，分明是重叠了。“因此我心里不自在。”探春道，“钱费两起，东西又白掷一半，他们买来的东西哪里使得？算起来，费两折子钱，不如把买办这一份子免了吧。此是一件事。第二件，年里头往赖大家去，你也去的，你看他那小园子，比咱们的这个如何？”

平儿笑道：“还没有咱们这一半大，树木花草也少多了。”

探春于是将那日从赖家姑娘处问来的情形一一说与平儿听。“从那日我才知道，一个破荷叶，一根枯草根子，都是值钱的。”探春叹道，“咱们这园子，收拾整理一年不晓得要耗费多少人力、财力，他们那小园子非但不需这些费用，年终还总有二百两银子剩。”

“真真膏粱纨绔之谈。”宝钗笑道，“你们原是千金小姐，不知道这事，但你们都念过书识字的，竟没看见朱夫子有一篇《不自弃》之文不成？”

探春笑道：“虽也看过，那不过是勉人自励，虚比浮词，哪里都真有的？”

“朱子都有虚比浮词？”宝钗道，“那句句都是有的。你才办了两天的时事，就利欲熏心，把朱夫子都看虚了！”

“你这样一个通人，竟没看见子书？当日《姬子》曾云：‘登利禄之场，处运筹之境者，窃尧舜之词，背孔孟之道。’”探春笑道。

“底下一句呢？”宝钗笑道。

“如今只断章取义，念出底下一句来，我自己骂我自己不成？”

李纨笑道：“叫了人家来，不说正事，你们且对讲学问。”

“学问中便是正事。此刻于小事上用学问，那小事越发做高一层了。不拿学问提着，便都流入市俗去了。”宝钗道。

三人说笑了一会子，仍谈正事。

探春因又接着说道："咱们这园子只算比他们的多一半，加一倍算，一年就有四百两银子利息。若此时也出脱生发银子，自然小器，不是咱们这样人家行的事。若派出两个一定的人来，既有许多值钱之物，一味任人作践，似乎暴殄天物。不如在园子里的所有的老妈妈中，拣出几个本分老成能知园圃事的，派准她们收拾料理，也不必要她们交租纳税，只问她们一年可有些孝敬。一则园子有专管之人修理，花木只有一年好似一年的，也不用临时忙乱；二则也不至作践，白辜负了东西；三则老妈妈们也可借此小补，不枉每年在园中辛苦；四则亦可以省了些花儿匠、山子匠、打扫人等的工费钱。将此有余，以补不足，未为不可。"

宝钗、李纨听了皆说好。平儿道："这件事须得姑娘说出来，我们奶奶虽有此心，也未必好出口。此刻姑娘们在园子里住着，不能多弄些玩意儿去陪衬，反叫人去监管修理图省钱，这话断不好出口。"

宝钗听了便走过去摸着平儿的脸，非要瞧瞧她的牙齿、舌头是什么做的，这样巧嘴，说的话皆是远愁近虑，不亢不卑。"她奶奶便不和咱们好，听她这一番话，也必要自愧得好了，不和的也便和了。"宝钗笑道。

“我早起一肚子气，听她来了，忽然想起她主子来，素日当家使出来的好撒野的奴才，我见她更生了气。”探春笑道，“谁知她来了，避猫鼠儿似的站了半天，怪可怜的。接着又说了那么些话，不说她主子待我好，倒说‘不枉姑娘待我们奶奶素日的情意’。这一句话，不但没了气，我倒愧了，又伤起心来。”说到这里，不觉流下泪来：“我细想，我一个女孩儿家，自己还闹得没人疼没人顾的，我哪里还有待人的好处？”

李纨等见她说得恳切，又想她素日因赵姨娘每生诽谤，在王夫人跟前亦被赵姨娘所累，也不免都流下泪来，都忙劝她：“趁今日清静，大家商议两件兴利剔弊的事，也不枉太太委托一场，又提这没要紧的事做什么？”平儿也忙道：“我已明白了。姑娘说谁好，竟一派人就完了。”

“虽如此说，也须得回你奶奶一声。”探春道，“我们这里搜剔不遗，已经不当。因你奶奶是个明白人，我才这样行，若是糊涂的，我也不肯，倒像抓了尖儿，岂可不商量了再行？”

平儿笑道：“既这样，我去告诉一声。”说着去了，一时回来，笑道：“我说是白走一趟，这样好事，奶奶岂有不依的?!”

探春听了，便和李纨命人将园中所有的婆子名单要来，大家参度，大概定了几个，俱是她几人素昔冷眼取中的。独蘅芜院和怡红院两处的香草没有合适的人选，平儿便举荐莺儿的娘，宝钗避嫌，随口便荐了宝玉的小厮茗烟的娘老叶妈，说老叶妈与莺儿的娘极好，若有不明白的由她们私下请教去。探春不知底理，笑道：“虽如此说，只怕她们见利忘义呢。”平儿立刻笑道：“不相干，前儿莺儿还认了叶妈做干娘，请吃饭吃酒，两家和厚，好得很呢。”宝钗听了面上微微一红，探春便不再言语。

几人又议了一会子，事虽不大，一年算下来倒也能省四百两银子，里头的老妈妈们还能得些补贴。一时吩咐下去，众婆子欢声鼎沸，无不指天划天表其衷心。探春等人安置了这件大事亦安心不少，随后每日不过是些日常奏对安排，诸般杂事，日渐理顺。

第十一回

赵姨娘借衣讨没趣
蠢婆娘闹事寻烦恼

这日午后无事，探春便想回房歇息一会，李纨、宝钗便也各自回房去了。

探春歪在床上正蒙眬间，听见外头侍书说话声："姑娘正歇午觉呢，姨奶奶有事待会儿再来吧。"话音未落，赵姨娘早已一步跨进门来："姑娘好睡！我这如今是越活越倒回去了，连打南边儿来的十三不靠的小丫头子都敢驳我了。"

探春闻言皱了皱眉，无奈只得起身向赵姨娘行礼问安："人说春困秋乏夏打盹，这样天气，姨娘不在自家屋内好生歇息，又和哪个小丫头子没气找气呢？"

"我没气找气？"赵姨娘瞪眼急道。侍书捧了杯茶，进来说："姨奶奶请喝茶。"赵姨娘接了茶杯，喝了两口，将杯子往桌上一撴，气道："想想都来气。那雪雁不过是林丫头从南方带来的小丫头，在这里连个熟人都没有。我倒给她脸，跟她借件衣裳使使，难道还穿缩了不成？不想那丫头竟不肯借，还现编了一通鬼话来骗我，打量糊弄得了我？她才多大点儿人？”

“唉！”探春叹了口气，“姨娘这不是没气找气是什么？姨娘何至于到了要跟一个小丫头借衣裳穿的地步？”

“不是我穿，我是替小吉祥儿借的。”

“那姨娘就更不必多事了！她们小丫头相互换衣裳穿也是常事，你又何必去混插一手？”

“这不是为着你舅舅明儿要出殡嘛。”赵姨娘吞吞吐吐道，“我跟太太告了假，今晚要去给他坐夜，可巧看见雪雁上太太房里拿人参，所以顺便就想跟她借件月白袄儿用一下。”拿眼瞄了一下探春，见她垂首不语，便大着胆子接着道：“谁承想那小丫头竟说，她的衣裳簪环都是紫鹃帮收着呢，得先告诉了紫鹃，还得回她们姑娘。你说鬼话不鬼话？”

探春叹气道：“唉！姨娘既知她在敷衍你，又何必还往心里去？自己白生气。若小吉祥没衣裳穿，我叫人寻一件给她便是。”

“那就多谢姑娘了。”赵姨娘笑道。探春便叫侍书寻了件月白缎子袄给赵姨娘。赵姨娘接了起身要走，想想复又坐下，悄声道：“我知道你刚强要脸面，只是这屋里就咱们娘俩，你就不能听我几句话？”

探春皱眉道：“姨娘若说的是好话，我自然该听。”赵姨娘闻言凑近探春道：“你说连这小丫头雪雁都敢这么着对我，你现当着家，随便捏个由头还不叫她吃不了兜着走？”不待赵姨娘说完，探春便忽地站了起来，看也不想看赵姨娘，眼望着窗外道：“姨娘快去吧，不是已和太太告过假了么，一会子别人看见你还在园子里闲逛算怎么回事？”赵姨娘干咂了两下嘴，终究没寻出话来，只得讪讪地去了。

探春哪里还有心思午睡，索性走到案前，拿了本帖子随意翻了几下，心下却是烦躁得很。侍书悄悄进来，展纸研墨，将笔蘸满了墨递与探春。探春接了，写了几幅斗书，心内方渐渐平复。忽听见外头邢岫烟来访，她忙搁了笔迎出去。

“妹妹今日怎么有空来这儿呀？”探春冷眼旁观那邢岫烟这些日子，见她端雅稳重、温厚可疼，心中十分喜欢，今见她来了，赶紧迎入房中。

“我闲来无事，随意逛逛，可巧经过三姐姐门前，便进来看看姐姐在不在家。”邢岫烟笑道，“不曾扰了姐姐午休吧？”

“不曾不曾，”探春笑道，“我正练字呢，不曾歇午觉。”

邢岫烟闻言便走到案边，观赏探春所书。探春见她衣着单薄，又想起那日赏雪，众人不是猩猩毡与羽毛缎的斗篷，便是各色的大氅，独她仍是家常旧衣裳，并无遮雪之衣，又想她家道贫寒，听闻父母又是酒糟透之人，不由得心中暗自感叹：自己素日自怜自艾的，比她又不知强了多少倍了！因笑道：“我正有一物要去送与妹妹呢，凑巧妹妹竟自己走来了！可见果然是我二人心有灵犀呢！”说着便从身上摘下一块玉佩来，笑道：“这是元宵那日得的老太太的赏，不知妹妹可喜欢？”

“老太太赏的自然是极好的，姐姐快自戴了吧。”邢岫烟忙不迭推辞。

“那日我得了不少，”探春笑道，“这个我平日并不戴的，只是因为要拿去送与妹妹，怕一时事多再忘了，这才拿出来戴上的，只为给自己提个醒呢。”说着便走过去硬要给邢岫烟戴上。邢岫烟百般推辞不掉，只得受了。

二人正坐着说话，却见翠墨慌慌张张进来道：“二位姑娘快看看去吧，宝二爷犯病了，怡红院里都闹翻了天了！”探春和邢岫烟皆大吃一惊，不及细问，便匆匆赶往怡红院。

到了怡红院，贾母、王夫人等俱在，彼时宝玉已服了太医院的王太医所开之药，紫鹃服侍着躺着休息呢。探春见是紫鹃在此伺候，心中纳罕，悄悄打听了，方知乃是因为紫鹃说了句“黛玉要回苏州”的玩笑话所致。众人听了，亦不便多言，只待晚间贾母、王夫人回房了，也都陆续散去不提。

如今且说宫中有位老太妃薨了，凡诰命等皆入朝随班，按爵守制。贾母等人按制皆应守灵，前后须得一月光景，唯尤氏报了产育在家照应。贾母便请薛姨妈挪入园中，帮忙照看一二，尤其将黛玉千叮咛万嘱咐地托与薛姨妈照管。

薛姨妈只得进园，本欲住在宝钗处，然宝钗处已有湘云同香菱二人，李纨处有宝琴，且李婶母女又常来住个三五日不定，迎春处现有邢岫烟在，探春处虽然宽敞，却是家务冗杂，且不时有赵姨娘与贾环来聒噪，薛姨妈岂肯去蹚这一起子浑水？惜春处却又房屋狭小。因此薛姨妈思来想去，又有贾母重托，故搬至潇湘馆与黛玉同住，一应药饵饮食皆十分经心。黛玉感激不尽，以后便如宝钗之呼，连宝钗前亦且以“姊妹”呼之，宝琴前直以“妹妹”呼之，俨然以同胞共处，较诸人更觉亲切。贾母见此，也十分喜悦放心。

又有各官宦人家，凡有优伶男女者，一概蠲免遣发，贾府中亦有当日为元妃省亲接驾所用的十二个小戏子。王夫人着尤氏将那十二个女孩子叫来，当面细问了谁愿走谁愿留，倒有一大半不愿意回家的，所愿去者只四五人。王夫人听了，只得留下，分散园中使唤。贾母便留下了文官自使，将正旦芳官指与宝玉，小旦蕊官送了宝钗，小生藕官指与黛玉，大花面葵官送与湘云，小花面豆官送了宝琴，老外艾官送与探春。尤氏便讨了老旦茄官。当下各得其所。

转眼又到清明，柳垂金线，桃吐丹霞，美景宜人，却亦是闺中女儿杏癍癣的高发之季，大观园里不少女孩子皆有此症，故此各房各院皆配了不少蔷薇硝备用。蕊官便托怡红院的小丫头春燕带些蔷薇硝给芳官擦脸。春燕回去，正值贾环、贾琮二人来问候宝玉，便使眼色叫芳官出来，将硝与她。

宝玉与环、琮并无可谈之语，看见芳官进门便问她手里是什么。芳官便忙递与宝玉瞧，又说是擦春癣的蔷薇硝。贾环听了，伸过头瞧了一瞧，又闻得一股清香，便弯腰从靴筒内掏出一张纸来托着，笑说："好哥哥，给我一半儿。"宝玉无奈，便打算与他。芳官心中却因是蕊官所赠，不肯与别人，便笑道："别动这个，我另拿些来。"宝玉知她心意，便不强求，忙笑着包上递与芳官道："快取来。"

谁知芳官进去却没找着所剩的硝，遂将些茉莉粉包了一包递与贾环。贾环见了，喜得伸手来接，芳官却忙向炕上一掷。贾环只得到炕上拾了，揣在怀内，方作辞而去。

原来贾政不在家，且王夫人等又不在家，贾环连日也便装病逃学，如今得了硝，兴兴头头来找王夫人屋里的大丫头彩云。正值彩云和赵姨娘闲谈，贾环便向彩云笑嘻嘻道："我也得了一包好的，送你擦脸。你常说，蔷薇硝擦癣，比外头的银硝强。你且看看，可是这个？"

彩云打开一看，"嗤"的一声笑了，说道："你和谁要来的？”贾环便将方才之事说了，彩云笑道：“这是他们哄你这乡老呢。这不是硝，这是茉莉粉。”

贾环看了看，果见比先前的带些红色，不过闻闻却也是喷香的，因笑道：“这也是好的，硝粉一样，留着擦吧，自是比外头买的高，便好。”彩云只得收了。

“他有好的给你?！谁叫你要去了？怎怨得他们要你！依我，拿了去照脸摔给她。”赵姨娘一听居然是芳官所为，不禁怒道，“趁着撞尸的撞尸，挺床的挺床，吵一出子，大家别心净，也算是报仇。莫不成两个月之后，还找出这个碴儿来问你不成？便问你，你也有话说。宝玉是哥哥，不敢冲撞他罢了，难道他屋里的猫儿狗儿，也不敢去问问他不成?！”

贾环听了，便低了头。彩云赶忙相劝，却哪里劝得住赵姨娘？反叫彩云休管。“趁着抓着了理，骂她那些浪淫妇们一顿也是好的。”赵姨娘说着又指着贾环道，“呸！你这下流没刚性的，也只好受这毛崽子的气！平白我说你一句儿，或无心错拿了一件东西给你，你倒会扭头暴筋，瞪着眼撴摔！这会子被那起毛崽子耍弄就罢了，你明儿还想这些家里人怕你呢？你没有这本事，我也替你羞。”

贾环听了，又羞又愧又生气，却又不敢去，只因每常听了赵姨娘的话出头，挨了打骂，赵姨娘却又缩了脖颈并不敢吱声，因此气得回道：“这会子又调唆我和毛丫头们去闹，你不怕三姐姐，你敢去，我就服你。”只这一句话，便戳了他娘的心窝子。赵姨娘立时喊道：“我肚子里爬出来的，我再怕起来，这屋里越发有些话头了。”一面说，一面拿了那包茉莉粉，飞跑往园中去了。

彩云死劝不住，只得躲入别房。贾环便也躲出仪门，自去玩耍。

那赵姨娘挟着一团火直奔怡红院，迎头恰又遇上了藕官的干娘夏婆子长长短短说了多少小戏子们的不是，不由得又平添了一把火。路上又有几个闲来无事，看她怒气冲冲，一问，遂哄了她几句话的。总之，无不拱着叫她抖抖威风。

赵姨娘本来心里并没什么底气，如今被众人一架，便麻了爪子，心下越发得了意，将原先那点子怯意全数收起，仗着胆子一径到了怡红院中。她本以为自己来势汹汹，那芳官不过是个小孩子家，哪里还敢回半句嘴？谁知那芳官却不是个善茬，嘴里再不肯饶人。赵姨娘骑虎难下，又听她说得难听，说什么“梅香拜把子——都是奴才”，哪里还忍得住？上来便抽了芳官两个大耳刮子。芳官挨了打，自然不依，虽不敢还手，却一头撞到赵姨娘怀里，哭嚷着叫赵姨娘索性打死自己。

晴雯亦不是个省事的，一边乐得看热闹，不叫人拉，由她们打去，一边却也怕事情闹大了，不好收场，悄悄叫春燕赶紧去回探春。

探春与尤氏、李纨等正于议事厅内说话，听见春燕报信，赶紧带着平儿与众媳妇过来。

此时，怡红院内早已闹炸了锅。原来，藕官、蕊官、葵官并豆官几个听说芳官挨了打，一齐冲到怡红院，手撕头撞，将赵姨娘裹住；外头跟赵姨娘来的一干人等皆跑进院来看热闹；晴雯等人更是一面笑，一面假意去拉。赵姨娘反没了主意，只好乱骂。那芳官犹自直挺挺地躺在地下，哭得昏死过去。正没开交，探春等人进了院门，厉声喝住四个小戏子。尤氏、李纨、平儿皆不好多嘴，探春便问道：“姨娘，究竟是怎么回事？”

赵姨娘此刻气得瞪着眼粗了筋，骂骂咧咧，喘息了半天方将事由说了个大概。几个小戏子不服，才要分辩便被尤氏和李纨喝止，只好满腹委屈地站在一边，口中犹自嘟嘟囔囔。尤氏道："一些规矩也无，姨奶奶这里说着话，再有多嘴的，便先拖出去打四十板子再说。"几个小戏子这才闭了嘴。

探春听完赵姨娘的诉说，叹气道："这有什么大事，姨娘也太肯动气了！"说着伸手来拉赵姨娘，"我正有句话要请姨娘去商议，怪道丫头们说不知在哪里，原来在这里生气呢。姨娘快同我来。"尤氏、李纨也忙笑道："姨娘请到厅上来，咱们商量。"赵姨娘无法，只得同她几人出来，口内犹自说长说短。

到了议事厅，探春听她犹自喋喋不休，便叹气道："那些小丫头子们原是些玩意儿。喜欢，和她们说说笑笑；不喜欢，便可以不理她。便她不好了，也如同猫儿狗儿抓了一下子，可恕就恕，不恕时也只该叫了管家媳妇们去说给她去责罚，何苦自己不尊重，大吆小喝也失了体统？你瞧周姨娘，怎不见人欺她，她也不寻人去？"

"我做什么要瞧她？她拿什么同我比?！"赵姨娘不服道，因见尤氏等人俱在，便不好再往下说。

探春知她心中所想，便又长叹了一口气道："我劝姨娘且回房去煞煞性儿，别听那些人调唆，没的惹人笑话，自己呆，白给人做粗活。心里有十二分的气，也忍耐这几天，等太太回来自然料理。”众人皆说正当如此。赵姨娘闹了这半日亦着实乏了，当下闭口无言，回房去了。

第十二回

争闲气柳五儿遭殃
护颜面贾宝玉顶缸

“这么大年纪，行出来的事总不叫人敬服。”探春望着赵姨娘的背影，长长地叹了口气，“这是什么意思，也值得吵一吵，并不留体统，耳朵又软，心里又没计算。”说到此处，不由得怒从心起，“这又是哪起没脸面的奴才们调停的？作弄出来个呆人替他们出气。查，给我立刻去查，到底是谁！”

尤氏、李纨等见她正在气头上，也不好多言。众媳妇答应着出来，皆相视而笑，都说：“大海里哪里寻针去？”问了一圈并无结果，只得来回探春：“一时难查，慢慢地访查，凡有口舌不妥的，一总来回了责罚。”

彼时探春的气也渐渐地平服了，也便罢了。谁知探春回到房中，艾官悄悄地回说：“都是夏妈素日和我们不对，每每地造言生事。前儿赖藕官烧纸钱，幸亏是宝玉叫她烧的，宝玉自己应了，她才没话说。今儿我与姑娘送手帕去，看见她和姨奶奶在一处说了半天，叽叽喳喳的，见了我才走开了。”探春听她说宝玉让烧纸钱的事，便知在扯谎，那宝玉凡这些小姑娘们所求，不论好坏，从来都是有求必应的。心中暗想：她几个一处学戏，本是一党，又皆是淘气异常的，她的话也未必可信。因此只淡淡道：“你下去吧，我知道了。”

探春只道此事已了，便照旧日日去议事厅上理事，谁知艾官的话竟被翠墨听了去。这日饭后，探春带了侍书去议事厅，留下翠墨看家。翠墨闲来无事，便命小丫头蝉姐儿出去叫小幺儿买糕去。那蝉姐儿躲懒不想去，翠墨知她乃是夏婆子的孙女儿，便笑将艾官告夏婆子的话悄悄告诉她，叫她到后门顺路告诉夏婆子一声，好防着些儿。蝉姐儿听了，忙谢了翠墨，接了钱出去寻她老娘夏婆子。

夏婆子在厨房服役，此刻正是手闲之时，后厨众人皆坐在阶砌上说闲话呢。蝉姐儿便打发了一个婆子出去买糕，她却将翠墨的话一一学与她老娘。夏婆子听了，又气又怕，欲去找艾官理论，又要往探春前诉冤。蝉姐儿怕她连累了翠墨，忙拦道：“你老人家去怎么说呢？

这话怎么知道的？可又叨登不好了。说给你老防着就是了，哪里忙到这一时儿？”

她祖孙二人正说着话，忽见芳官走来向厨房管事柳家媳妇说宝玉要一碗凉菜。可巧婵姐儿让买糕的婆子回来了，芳官见了便要先尝一块，蝉姐儿自然不肯。柳家的便从厨房内拿了一碟子糕出来，递与芳官。那芳官接了糕却并不自吃，只一块一块掰了，掷着打雀儿玩，口内还故意说：“柳嫂子，你别心疼，我回来买二斤给你。”

蝉姐儿气得怔怔的，瞅着冷笑道：“雷公老爷也有眼睛，怎不打这作孽的！”又嘀咕了几句方才离去。回到秋爽斋，便将芳官之事一一学与翠墨听，一行说，一行骂。翠墨冷笑道：“你可知那柳家的为什么这么溜芳官的须？”

“怎么不知？”蝉姐儿气道，“还不是想叫芳官在宝玉跟前说好话儿，好把她家五儿弄到怡红院去。谁不知道怡红院人多差轻，且都说宝玉将来统要放了她们出去的。”

俩人正说着话，便听见外头有人跑过，说是司棋把厨房砸了。翠墨不敢离家，怕一时探春再回来了，家中无人，便打发蝉姐儿去看看究竟怎么回事。蝉姐儿一向同迎春房里的莲花儿要好，便径直走去问莲花儿。莲花儿便将柳家的如何讨好怡红院晴雯却惹火了司棋之事说与蝉姐儿听。蝉姐儿问明了，便要告辞回去。莲花儿道："我同你一起走，正好要去藕香榭取样东西呢。"

俩人出门便遇见几个才从议事厅散出来的媳妇子，几人便结伴而行。行不几步，迎头看见林之孝家的带着几个婆子正站着说话。几人上前给林之孝家的行礼，蝉姐儿眼尖，一眼瞥见柳家的五儿正畏畏缩缩地站在旁边，奇道："你妈这么快就把你弄进来了？"

林之孝家的闻言笑道："这话怎么个意思，我竟没听明白。"因指着蝉姐儿道："你可给我回明白了再走。"

蝉姐儿便笑着迎上前，复又给林之孝家的行了礼，遂将在厨房遇着芳官之事一一说了。听她提到厨房，莲花儿趁机将柳家的讨好晴雯之事亦说了。

林之孝家的听见说柳家的在这帮小丫头们身上这等用心使力，自己竟一毫不知，又见柳五儿辞钝色虚，可巧王夫人房内近日丢了东西，几个丫头正混赖没个头绪呢，心下便起了疑。

蝉姐儿偷觑林之孝家的脸色，说道：“林奶奶倒要审审，她这两日往这里头跑的不像，鬼鬼祟祟的，不知干些什么事。”想了想又道，“正是。昨日玉钏姐姐说，太太耳房里的柜子开了，少了好些零碎东西。琏二奶奶打发平姑娘和玉钏姐姐要些玫瑰露，谁知也少了一罐子。若不是寻露，还不知道呢。”

“这话我没听见，不过今儿倒看见一个露瓶子。”莲花儿笑道。林之孝家的正被凤姐每日使平儿催逼得紧，一听此言忙问在哪里。莲花儿便指着柳五儿笑道：“在他们厨房里呢。”林之孝家的忙欲领众人去寻，柳五儿急道：“那原是宝二爷屋里的芳官给我的。”

“不管你方官圆官，现有了赃证，我只呈报了，凭你到主子跟前辩去。”林之孝家的冷笑道。

那莲花儿下午才同司棋大闹了厨房，当下领着众人，熟门熟路，进去便寻着了露瓶。众人恐还偷了别样，又细细搜了一遍，搜出一包茯苓霜，一并拿了，带了柳五儿来回李纨和探春。

李纨因贾兰病了，故近日不理事，只命去见探春。彼时探春已归房，翠墨正在里头伺候着盥沐。林之孝家的将五儿之事说与侍书，侍书进去回了探春。翠墨听了笑道："这柳家的插根尾巴便比猴还精，这回可真是搬块石头砸自己的脚，真正叫活该呢！"于是将白日里蝉姐儿在厨房所见学与探春听："姑娘你是没看见，蝉姐儿今日回来气得浑身打颤。你就说这好好的糕，人还没吃，她便掰了喂鸟，该不该遭雷打吧？"

探春叹息道："她们打小便被卖了学戏，哪里知道稼穑之辛！"

侍书笑道："正是这学戏害了她们了。"

"这话怎么说？"探春笑问。

"满园子里头，谁不知道她们心性高傲，拣衣挑食，还嘴不饶人，事事皆要压别人一头。"侍书道。

"就是！"翠墨接口道，"尤其是那芳官，仗着有宝玉护着，同她干娘刚干了一仗没几时，前几日竟还同赵姨奶奶……"侍书听她说得口无遮拦，忙连咳了两声。翠墨这才警醒，吓得赶紧吐舌闭口。

侍书道："姑娘，可怎么说呢？林奶奶还领着人外头候着等回话呢。"

探春道："就说我知道了，叫她们找平儿回二奶奶去。"侍书出来跟林之孝家的说了，林之孝家的便领了柳五儿去见平儿。

且不说平儿如何发落柳五儿，也不说那柳五儿如何的思茶无茶，思水无水，思睡无衾枕，呜呜咽咽直哭了一夜，只说次日清早，平儿悄悄来访袭人，问她可果真是芳官给的柳五儿玫瑰露。追问下来，原来柳五儿手里的玫瑰露确系芳官所赠，后翻出来的茯苓霜柳五儿交代是她舅舅从外头门上得来的，宝玉怕柳五儿的舅舅受牵累，便叫说皆是芳官所给。平儿以为不妥，王夫人屋里失窃尚未抓着正主，却放了柳五儿这个有赃证的，况柳五儿自己已交代出了她舅舅，如今再改口，亦难以服众。

晴雯听见走过来笑道："太太那边的露再无别人，分明是彩云偷了给环哥儿去了，你们可别瞎乱说。"

"谁不知是这个缘故？"平儿笑道，"但如今玉钏儿急得哭，可恨彩云一口咬定是玉钏儿偷了。她两个窝里发炮，吵得阖府皆知，我们如何装没事人？少不得要查的。"宝玉听了越发要出头认了此事，只说是自己拿了藏起来闹着玩的。

平儿笑道："这事也只好由你出头了，不然便是现从赵姨娘屋里起了赃来也容易，只是怕又伤着一个好人的体面。别人都别管，只这一个人岂不又生气？"说着把三个指头一伸，“我可怜的是她，不肯为打老鼠伤了玉瓶。”

袭人等听说，便知她说的是探春，皆笑道：“可是这话竟是我们这里应起来的才是。”

平儿这才命人去叫了玉钏儿同彩云过来，原指望旁敲侧击叫彩云知错知警，不料她却紫涨了脸对平儿道：“好姐姐放心，也别冤屈了好人，也别带累了无辜之人伤体面。偷东西原是赵姨奶奶央告我再三，我拿了些与环儿是情真。连太太在家我们还拿过，各人去送人，也是常事。我原说嚷过两天就罢了，如今既冤屈了好人，我心里也不忍。姐姐竟带了我回奶奶去，我一概应了完事。”众人听了这话，一个个都诧异，不料她竟这样有肝胆。宝玉便越发要将此事应承下来。彩云却道：“我干的事为什么叫你应？死活我该去受。”

平儿、袭人忙道：“不是这样说。”袭人又道：“你一应了，未免又叨登出赵姨奶奶来。那时三姑娘听了，岂不生气？倒不如宝二爷应了，大家无事，且除这几个人，皆不得知道，这是何等干净?！”平儿亦道：“但只以后千万大家小心就是了。要拿什么，好歹等太太到家，哪怕连这房子给了人，我们就无干系了。”

那彩云低头想了想，方才依允。于是大家商议妥帖了，平儿自去安置发放。柳家母女虚惊一场，林之孝家的领了来回李纨、探春，二人皆说：“知道了，宁可无事，很好。”

且说赵姨娘正因彩云私赠了多少东西，被玉钏儿吵出，生恐查诘出来，每日捏一把汗打听信儿，忽见彩云走来告诉说：“都是宝玉应了，从此无事。”赵姨娘方把心放下来。

谁知贾环听如此说，便起了疑心，将彩云私赠之物都拿了出来，照着彩云的脸摔了过去，说：“这两面三刀的东西！我不稀罕。你不和宝玉好，他如何肯替你应？你既有担当给了我，原该不与一个人知道。如今你既然告诉人，我再要这个，也没趣。”彩云急得赌身发誓，以至哭着百般辩解，无奈贾环执意不信，还说：“不看你素日之情，去告诉二嫂子，就说你偷来给我，我不敢要。你细想去！”说毕，甩手而去。急得赵姨娘骂道：“没造化的种子，蛆心孽障！”又哄彩云：“好孩子，他辜负了你的心，我看的真。让我收起来，过两日，他自然回转过来了。”赵姨娘说着便要过来收拾东西。那彩云哭得泪干肠断，推开赵姨娘，将贾环所扔之物一股脑包了，乘夜溜至园中，一气都撇在河内，眼看着它们顺水沉的沉漂的漂，又哭了一场，回到自己屋里，捂着被子又偷偷哭了一宿。

第十三回

庆生辰红香行酒令
开夜宴怡红占花名

当下又值宝玉生日，可巧宝琴、邢岫烟、平儿也是这日，四人对拜，众人皆跟着欢喜不尽。

“原来邢妹妹也是今日，我怎么就忘了？”探春赶忙吩咐丫头：“快去告诉二奶奶，赶着补一份礼，与琴姑娘的一样，送到二姑娘房里去。”又对平儿笑道，“今儿我倒要替你单做个生日，我这心里才过得去。”又吩咐丫头，“去告诉她奶奶，就说我们大家说了，才知道平儿也是今日过生日，因此我们也大家凑份子给她过生日呢，今儿一日不放平儿出去。”又对众人笑道，“倒有些意思，一年十二个月，月月有几个生日。人多了，便这等巧，有三个一日的，两个一日的。大年初一也不白过，大姐姐占了去，怨不得福大，生日比别人就占先，又是太祖太爷的生日。过了灯节，就是大太太和宝姐姐，她们娘儿两个遇的巧。三月初一日是太太的，初九日是琏二哥哥。二月里没人。”

“二月十二日是林姑娘，”袭人道，“怎么就不是咱们家的人？”

“我这个记性是怎么了！”探春听了笑道。

“她和林妹妹是一日，”宝玉笑指袭人，“所以她记得。”

“原来你两个倒是一日，每年连头也不给我们磕一个。”探春笑道，“平儿的生日我们也不知，这也是才知道。”正说着，给凤姐传话的小丫头进来回说：“二奶奶说了，多谢姑娘们给她脸。不知过生日给她些什么吃？只别忘了二奶奶，就不来絮叨她了。”众人听了都笑了。

探春道：“可巧今儿里头厨房不预备饭，下面弄菜都是外头收拾。咱们就凑了钱叫柳家的来揽了去，只在咱们里头收拾倒好。”

众人都说：“是极。”探春见李纨、宝钗、黛玉尚未到来，便遣人去问，一面叫人去传了柳氏进来吩咐。

“外厨房都预备了。”柳家的不知何意，因回道。

“你原来不知道，今儿是平姑娘华诞。外头预备的是上头的，这如今我们是私下的。又凑了份子，单为平姑娘预备两桌请她。”探春笑道，“你只管拣新巧的菜蔬预备了来，开了账，我那里领钱。”

柳家的前些日子多亏了平儿周旋方保无事，因此立刻便向平儿磕下头去，笑道：“原来今日也是平姑娘的千秋，我竟不知道。”平儿忙拉起她来。柳家的笑道：“我这就去预备上。”说罢告退出来，忙去预备酒席。

这里探春又邀了宝玉，同到厅上去吃面。一时李纨、宝钗、黛玉、薛姨妈也都来了，挤了一厅的人，花团锦簇。

宝钗遂携了袭人、香菱、侍书、素云、晴雯、麝月、芳官、藕官、蕊官等十来人至芍药栏中红香圃的五间小敞厅内将筵席摆开，又命人去请了尤氏过来。

平儿回去受了赖大家等人祝贺，又伺候了凤姐吃过面方又回来。众人都笑道：“寿星全来了。”便让宝玉、宝琴、岫烟并平儿四个寿星上面坐。薛姨妈在座，四人哪里肯上坐？薛姨妈便非要到厅上去歇着，尤氏等人执意不从。宝钗便道：“这也罢了，倒是让妈在厅上歪着自如些，爱吃的送过去，倒自在。且前头没人在那里，又可照应了。”

“既这样，恭敬不如从命。”探春笑道。众人将薛姨妈送到议事厅上，眼看着命小丫头铺了一个锦褥并靠背、卧枕之类。探春又嘱咐小丫头：“好生给姨太太捶腿，要茶要水别推三扯四的。”尤氏亦笑道：“回来送了东西来，姨太太吃了就赏你们吃。只别离了这里出去。”小丫头子们皆答应了，探春等方回来。

终究让宝琴、岫烟二人在上，平儿面西，宝玉面东坐了。探春又携了鸳鸯来，二人并肩对面相陪。宝钗、黛玉等人亦各自坐下。探春欲把盏与众献寿，便听宝琴等说：“这一闹，一日都坐不成了。”方才罢了。

“雅坐无趣，须要行令才好。”宝玉笑道。

众人于是想了十个令，香菱写了，搓成阄儿，掷在一个瓶中。探春便命平儿拣，平儿用箸拈了一个出来，打开看时，上写“射覆”二字。宝钗嫌这个太难了，叫换一个雅俗共赏的。探春却道：“既拈了出来，如何又毁？如今再拈一个，若是雅俗共赏的，便叫她们行去，咱们行这个。”说着便叫袭人拈了一个，却是“拇战”。湘云立刻笑道：“这个好！简断爽利，合了我的脾气。我不行这个‘射覆’，没的垂头丧气闷死个人，我只猜拳去了。”

“唯有她乱令，宝姐姐快罚她一杯。”探春笑道。宝钗不容分说，便灌了湘云一杯。探春又道：“我是令官，我吃一杯，也不用宣，只听我分派。”命取了令盆来，“从琴妹妹掷起，挨下掷去，对了点的二人射覆。”

众人听命。到了宝钗，和探春对了点子，探春便说了一个“人”字。

宝钗笑道：“这个‘人’字泛得很。”

“添一字，两覆一射也不泛了。”探春笑道，便又说了个“窗”字。宝钗一想，因见席上有鸡，便射着用“鸡窗”“鸡人”二典了，因射了一个“埘”字。探春知她射着，用了《诗·王风·君子于役》中“鸡栖于埘”的典。二人相视一笑，各饮一杯。

湘云等不得，和宝玉早“三”“五”乱叫，划起拳来。那边尤氏和鸳鸯，平儿和袭人亦皆捉了对乱嚷起来。众人对点的对点，划拳的划拳，只因贾母、王夫人不在家，没了管束，便任意取乐，呼三喝四，喊七叫八。满厅中红飞翠舞，玉动珠摇，十分热闹。

忽见林之孝家的同着几个老婆子走来，请问探春等人有事无事。探春见她们来了，便知其意，忙笑道：“你们又不放心，来查我们来了。我们并无有多吃酒，不过是大家玩笑，将酒作引子，妈妈们别担心。”

李纨、尤氏也都笑道：“你们歇着去吧，我们也不敢叫她们多吃酒。”林之孝家的到底怕姑娘们酒吃伤了，便让吃些小食。探春笑道：“妈妈们说的是，我们正也要吃呢。”因转头命取点心来。两旁丫鬟们答应了，忙去传点心。探春又笑对林之孝家的等人道：“你们歇着去吧，或是姨妈她那里说话儿去。我们即刻打发人送酒你们吃去。”林之孝家的等忙笑回：“不敢领。”又站了一会，方退了出去。

“我的脸都热了，也不好意思见她们。”平儿摸着脸笑道，“依我说竟收了吧，别惹她们再来，倒没意思了。”

“不相干，横竖咱们不认真喝酒就罢了。”探春道。

正说着，有小丫头来报，说湘云喝醉了，在山石后头的一块青石板凳上睡着。众人忙去看时，果然见湘云卧于山石僻处一个石凳子上，业经香梦沉酣。众人忙扶了回来，让她喝了两盏浓茶。探春忙命将醒酒石拿来，给她衔在口内，一时又命她喝了些酸汤，湘云方才觉得好了些。

众人亦不敢再饮，吩咐收了酒菜，吃了些点心，各自取便，有坐的，有立的，有赏花的，也有观鱼的。探春便同宝琴下棋，宝钗、岫烟观局。黛玉和宝玉在一簇花下唧唧哝哝，也不知说些什么。

忽见林之孝家的和一群女人又来了，原来是惜春房里的小丫头彩儿的娘说话口无遮拦，被林之孝家的恰巧听见，林之孝家的便要撵了她出去，因此带来回禀探春。探春因一块棋受了敌，算来算去总得了两个眼，便折了官着，两眼只瞅着棋枰，一只手却伸在盒内，只管抓弄棋子作想。林之孝家的在旁边站了半天，探春回头要茶时才看见，便问："什么事？"林之孝家的一一回明了，探春听了便问："怎么不回大奶奶？"

"方才大奶奶都往厅上姨太太处去了，顶头看见，我已回明白了，叫回姑娘来。"

"怎么不回二奶奶？"探春又问。

"不回也罢，我回去说一声就是了。"平儿过来道。

探春点点头，道："既这么着，就撵她去，等太太回来，再作定夺。"说毕仍又下棋。林之孝家的便带了彩儿的娘出去了。

黛玉和宝玉二人站在花下，遥遥看着，黛玉便道："你家三丫头倒是个乖人，虽然叫她管些事，倒也一步儿不敢多走。差不多的人早就作起威来了。”

“你不知道，你病着时，她干了好几件事。这园子里头也分了人管，如今多掐一草也不能了。又蠲了几件事，单拿我和凤姐姐扎筏子禁止别人。”宝玉道，“最是心里有算计的人，岂只乖而已。”

…………

一时摆下饭来，大家依序坐下吃饭，吃毕，又吃茶闲话一会，方陆续散了。

晴雯等人意犹未尽，便撺掇着宝玉晚上关了院门再痛喝一场，宝玉听了岂有不愿意的？晚上等林之孝家的带人来巡视过便忙关了院门，摆了四十个定窑的小白粉碟的酒馔果菜出来，也想行个酒令，却又觉得人少无趣，丫鬟小燕便说不如去请了宝钗和黛玉来。袭人不肯，怕惊动了巡夜之人。宝玉道：“怕什么？咱们三姑娘也吃酒，再请她一声才好。还有琴姑娘。”

于是几人分头去请。探春听了却也欢喜，因想：“不请李纨，倘或被她知道了倒不好。”遂命翠墨同了小燕再三地请了李纨和宝琴二人，会齐，先后都到了怡红院中。彼时，袭人、晴雯已拖了宝钗和黛玉连同香菱皆来了。黛玉离桌远远的靠着靠背，笑向宝钗、李纨、探春道："你们日日说人夜饮聚赌，今儿我们自己也如此，以后怎么说人？"

"这有何妨？一年之中不过生日，节间如此，并无夜夜如此，这倒也不怕。"李纨笑道。

说着话，晴雯拿了占花名的签筒来，又取过骰子来，摇了个五点，该着宝钗头一个。宝钗伸手抽了枝牡丹花签，随后掷了个十六点，数到探春。探春笑道："我还不知道得个什么呢？"伸手掣了一根出来，自己一瞧，便撂在地下，红了脸，笑道："这东西不好，不该行这令。这原是外边男人们行的令，许多混话在上头。"

众人不解，袭人等忙拾了起来。众人看，上面是一枝杏花，那红字写着"瑶池仙品"四字，诗云：

日边红杏倚云栽

注云："得此签者，必得贵婿，大家共贺一杯，共同饮一杯。"

众人笑道："我说是什么呢。这签原是闺阁中取戏的，除了这两三根有这话的，并无杂话，这有何妨？我们家已有了个王妃，难道你也是不成？大喜，大喜！”说着，大家来敬。探春哪里肯饮？却被史湘云、香菱、李纨等三四人强死强活灌了下去。

探春只命蠲了这个，再行别的，众人断不肯依。湘云拿着她的手强掷了一个十九点出来，便该李纨。李纨掣了一枝老梅，湘云则是海棠花，麝月是枝荼蘼花，香菱是并蒂花，黛玉掣的是芙蓉，袭人是枝桃花。袭人才要掷，薛姨妈打发人来接黛玉回去，众人也便散了。

第十四回

送礼物难掩母女情
放风筝暗藏天地意

话说薛蟠出去许久方回，带了两大箱子的南方土特产回来，宝钗便将东西分成若干份，送与众人，也给贾环送了一份。

这赵姨娘见宝钗送环哥儿物件，自谓面上有光，又想宝钗乃是王夫人的姨侄女，便想要到王夫人跟前卖好儿。于是拿了宝钗所送之物，走至王夫人房中，站在一旁说道："这是宝姑娘才给环哥的，他哥哥带来的。她年轻轻的人，倒想得周到。"见王夫人不语，又道，"我还给了送东西的小丫头二百钱。听见说姨太太也给太太送来了，不知是什么东西？你们瞧瞧这一个门里头就是两份儿，能多少呢？怪不得老太太同太太都夸她疼她，果然招人爱。"说着将抱的东西递过去与王夫人瞧。谁知王夫人头也没抬，手也没伸，只口内说了声：

“好，给环哥玩吧。”并无正眼看一看。

赵姨娘白招了一鼻子灰，满肚气恼，无精打采地回至自己房中，将东西丢在一边，生了会子闷气，便去寻探春。

到了探春房中，可巧李纨才差素云送了一洋漆盒儿的菱角、鸡豆来，探春便请赵姨娘坐下品尝。赵姨娘边吃边唠叨方才之事：“我只说人人都说宝姑娘会行事，很大方，今日看来果然不错。她哥哥能带了多少东西来，她挨家送到，并不遗漏一处，也不露出谁薄谁厚，连我们搭拉嘴子她都想到，实在的可敬。你说这话有错么？”

“这话没错。”探春道。

“就是啊，”赵姨娘道，“可是我同太太说了，太太竟连正眼也不看我一眼。难道宝姑娘不是她的亲姨侄女么？”

“唉，姨娘心也忒实了！”探春叹了口气，“正因为宝姐姐是太太的亲姨侄女，哪里还用得着姨娘跑过去赞这几句呢？今后再有这样的事，姨娘只管收了东西，该谢的谢，该赏的赏便是了，不必多话，反叫人小瞧了。”

赵姨娘听了连连点头，又转念道："我也就是想起了那林姑娘，这才想到和太太去说一声。你说那林姑娘，也没人给她送东西带什么来，即或有人带了来，她也只是拣着那有势力、有体面的人头儿跟前才送去，哪里还轮得到我们娘儿们身上呢?！可见人会行事，真真露着各别另样的好。"

"林姑娘自有老太太心尖子似的疼她，宝哥哥成日里小心翼翼地捧着她，她自然用不着四下里去讨好别人。"探春道，"宝姐姐阖家在此客居，一言一行皆关着太太的脸面，她二人本就不好放在一处比。这样的话姨娘今后也莫要在人前再说了。自古'祸从口出'，姨娘这把年纪了，别的也罢了，千万学会管住自己的嘴。"

赵姨娘见她说得诚恳，也便点点头。探春不想她久坐，便道："这鸡豆、菱角，姨娘喜欢，我叫人送到姨娘房里慢慢吃吧。"

"不用人送，我自带了去吧。"赵姨娘道，"倘或太太的人见着了，于你不好。"

探春闻言，不禁鼻子一酸，不由自主眼圈便红了。赵姨娘见了亦不禁心中一酸。俩人皆忍了，探春拿了案上的纸将菱角、鸡豆包了，边包边低头道：“这盒子是大嫂子的，须拿去还她。”两滴眼泪忍不住滚落纸上。说着话已包好，递与赵姨娘。赵姨娘见她垂着眼帘，不似往日情形，心中亦有千言万语，却也不知说些什么，只伸手接了纸包，轻轻说了声：“我走了，姑娘照顾好自己。”说罢转身走了。探春看她去了，自去镜前匀了匀脸，方去寻宝钗闲话不提。

且说这日，贾母正和探春姊妹们说笑解闷，忽见凤姐带了一个极标致的小媳妇进来，贾母道：“这是谁家的孩子！好可怜见的。”

凤姐笑道：“老祖宗细细地看看，好不好？”说着拉那小媳妇说：“这是太婆婆，快磕头。”那媳妇忙行了大礼，展拜起来。凤姐又拉了那小媳妇同众姊妹一一相见，众人才知原来是尤氏的妹子，贾琏新纳的二房尤二姐。从此那尤二姐亦时不时地进园转转。

李纨、迎春、惜春等人，皆以为凤姐好意，改了拈酸吃醋的本性，然宝钗、黛玉、探春一干人却暗为二姐担心。虽都不便多事，唯见二姐可怜，常来了，倒还都悯恤她。每日无人处说起话来，那尤二姐亦时常淌眼抹泪。果然时隔不久，便听说那二姐经庸医诊治，竟将一业已成形的男胎误打了下来。

邢夫人倒是过去探望过二姐，却因贾赦新赏给贾琏的小妾秋桐吵闹，邢夫人嫌烦，便赌气再不去了。

李纨、探春等人见尤氏尚且不去多事，也就都不便过去了，只说是等那尤二姐将身体调养好了，来日进园时再做安慰。不想，不久便听凤姐禀告贾母，那尤二姐得痨病死了。事后风闻那二姐乃是吞金而亡。众人听了皆暗自唏嘘不已，面上却再无人提及。

二姐死后，凤姐又病倒了，李纨、探春料理家务不得闲暇，接着过年过节，出了多少杂事，竟将诗社搁起。

这日清晨，探春方梳洗罢，却见宝钗、宝琴、湘云几人结伴而来。探春忙迎上去见礼，宝钗笑道："今日天气晴好，且不理事一日如何？咱们瞧瞧颦儿去，看她还成日地歪在炕上么？"

"宝姐姐真真是同我心有灵犀，"探春失笑道，"我此刻心里正琢磨着如何同你去告假呢！"

几人说笑着往潇湘馆而去，岂知黛玉早已起床，正在廊下逗那鹦哥儿呢。见她几个来了，忙迎了进去。湘云眼尖，一眼瞥见桌上放着一叠纸，上头一张写满了字，便随手拿起来看，原来是黛玉写的一篇《桃花行》。

“哎，林姐姐，我们还以为你成日家歪在炕上养病呢，谁知你竟早已得了佳句了。”湘云笑道。黛玉阻拦不及，众人早已拥过来看。湘云道：“既有好诗，翠缕你快去请宝二爷过来同看。”

“慢着，”探春道，“今儿天气这样好，咱们别窝在屋子里，且去沁芳亭那儿坐坐，慢慢细品潇湘妃子的新作如何？”

众人皆说“极好”，遂往沁芳亭而去。

一时宝玉跟着翠缕来了。探春笑道：“咱们的社散了一年，也没有人作兴。如今正是初春时，万物更新，又有潇湘妃子新作《桃花行》珠玉在前，正该鼓舞另立起来才好。”湘云笑道：“一起社时是秋天，就不应发达。如今恰好万物逢春，皆主繁盛。况这首桃花诗又好，就把海棠社改作桃花社。”众人都说“好”，即刻便拥了去找李纨。

宝玉一边跟着众人往稻香村走，一边看黛玉的《桃花行》，心中感触自与旁人又不同。

众人到了稻香村，将诗与李纨看了，自不必说称赏不已。说起诗社，大家议定：明日乃三月初二日，就起社，便改“海棠社”为“桃花社”，林黛玉为社主。明日饭后，齐集潇湘馆。正说着，有人来回：“舅太太来了，姑娘们出去请安吧。”于是大家都往前头来见王子腾夫人，陪着说话。饭毕，又陪入园中来，各处游玩一遍，至晚饭后掌灯方散。

可巧次日乃是探春的生日，元春早打发了两个小太监送了几件玩器。探春谢恩领受，郑重供于案上。合家皆有寿仪，不必细说。

饭后，探春换了礼服，各处去行礼。黛玉笑道：“我这一社开得又不巧了，偏忘了这两日是她的生日。虽不摆酒唱戏的，少不得都要陪她在老太太、太太跟前玩笑一日，如何能得闲空儿？”因此改至初五。

初五这一日，众姊妹在贾母房中侍膳毕，正商量着要去潇湘馆，却有贾政书信到了，说是六七月间回京。别人皆喜，独宝玉愁上眉头，怕贾政回来问他功课。正好王子腾夫人因女儿许与保宁侯之子为妻，择于五月初十日过门，故请凤姐过去帮忙，今日又来接凤姐，一并请众甥男甥女闲乐一日。

贾母和王夫人便命宝玉、探春、黛玉、宝钗四人同凤姐去，掌灯方回。

那宝玉从王子腾府上回来便忙着应付贾政之事，自己将现有的功课搜检了一遍，实在是搪塞不过去，便说：“明日为始，一天写一百字才好。”次日一早起来便忙着用功。贾母因不见他，只当病了，使人来问，方知缘故。贾母听说他用功读书，又是高兴又是担心，怕再急出病来。探春、宝钗等都笑说：“老太太不用急，书虽替不得，字却替得的。我们每人每日临一篇给他，搪塞过这一步就完了。”探春又笑道：“咱们竟也并非全是为着他，这头一条便是不叫老爷到家就生气，二则才是他也急不出病来。”

“好好好，”贾母听了，喜之不尽，“这样最好。”

于是探春、宝钗二人每日皆临一篇楷书字与宝玉。黛玉亦知贾政回家必问宝玉功课，因此诗社的事便也不再提起，反也帮着宝玉临了些字。湘云、宝琴亦皆临了几篇相送。众人一凑，宝玉自己亦下了些功夫，方逐渐放下心来。

不料近海一带海啸，又糟蹋了几处生民。地方官题本奏闻，奉旨就着贾政顺路赈济回来。如此一来，贾政需冬底方回。宝玉听了大喜，将书字搁到一边，仍是照旧游荡。

时值暮春之际，湘云闲来无事，偶成一小令，调寄《如梦令》。众人看了，索性叫黛玉将社起了，于是以柳絮为题，限各色小调。将词牌写在纸上，大家拈阄。

宝钗拈了《临江仙》，宝琴拈了《西江月》，黛玉拈了《唐多令》，宝玉拈得《蝶恋花》，探春拈了《南柯子》。

紫鹃燃了一支梦甜香计时，一会黛玉、宝琴、宝钗皆有了，探春急道："哎呀，今儿这香怎么这样快！只剩了三分了，我才有了半首。"因问宝玉："可有了？"宝玉嫌不好刚抹了，待要另作，香已将烬了。李纨等笑道："这算输了。瞧三丫头的半首且写出来。"探春听说，忙写了出来。众人看时，上面却只半首，写道：

南柯子

空挂纤纤缕，徒垂络络丝。

也难绾系也难羁，一任东西南北各分离。

宝玉见香没了，情愿认输，不肯勉强塞责，将笔搁下，也来瞧探春的，见没写完时，反倒动了兴，开了机，乃提笔续道：

落去君休惜，飞来我自知。

莺愁蝶倦晚芳时，纵是明春再见隔年期！

众人看了皆笑道：“正经你分内的又不能，这却偏有了。纵然好，也不算得。”说着又看了其余几人的，终推蘅芜君的为首，潇湘妃子、枕霞旧友次之，小薛与蕉下客落第。众人便思要罚，宝琴笑道：“我们自然受罚，但不知付白卷子，又怎么罚？”

“不要忙，这定要重重罚他。下次为例。”李纨笑道。一语未了，只听窗外竹子上一声响，恰似窗屉子倒了一般，众人唬了一跳。丫鬟出去瞧时，帘外丫鬟嚷道：“一个大蝴蝶风筝挂在竹梢上了。”宝玉等听了，也都出来看。宝玉笑道：“我认得这风筝，是大老爷那院里嫣红姑娘放的，拿下来给她送过去吧。”

“难道天下没有一样的风筝，单她有这个不成？”紫鹃笑道，“我不管，我且拿起来。”

“紫鹃也学小气了。”探春笑道，“你们一般的也有，这会子拾人家丢了的，也不怕忌讳？”

黛玉闻言忙笑道：“可是呢，知道是谁放晦气的，快掉出去吧。把我们的拿出来，我们也放晦气。”

紫鹃这才将那蝴蝶风筝让小丫头拿去送与门上值日的婆子，以防有人来寻。

这里小丫头们听见放风筝，巴不得一声儿，七手八脚都忙着拿出一个美人风筝来。宝琴笑道：“你这个不大好看，不如三姐姐的那一个软翅大凤凰好。”宝玉便叫翠墨取来，又打发小丫头取自己新得的大鱼来，一时小丫头来说大鱼叫晴雯昨儿放丢了。宝玉懊恼道：“昨儿赖大娘才送我的，我还没放一遭儿呢！”探春笑道：“横竖是给你放晦气罢了！”

“也罢，”宝玉道，“再把那个大螃蟹拿来吧。”

丫头们去了，同了几个人扛了一个美人风筝来，说道：“袭姑娘说，昨儿把螃蟹给了三爷了。这一个是林大娘才送来的，放这一个吧。”此时探春的也取了来，翠墨带着几个小丫头子们在那里山坡上已放了起来。一时宝琴的大红蝙蝠，宝钗的七只连雁都放起来了。

彼时，丫鬟们也都拿了许多各式各样的来。玩了一会，紫鹃先拿了西洋小银剪子一刀将黛玉的风筝齐籰子根下寸丝不留，“咯噔”一声铰断，笑道：“这一去把病根儿可都带了去了！”

宝玉见了恐那美人寂寞，赶紧将自己的美人风筝也剪断，口中喃喃道：“叫她两个作个伴儿去吧！”

探春正要剪自己的凤凰，见天上也有一个凤凰，因道：“这也不知是谁家的？”

众人皆道：“且别剪你的，看它倒像要来绞的样儿。”说着只见那个凤凰渐逼近来，遂与探春的凤凰绞在一处。众人方要往下收线，那一家也要收线，正不可开交，又见一个门扇大的玲珑“喜”字，响鞭在半天如钟鸣一般，也逼近来。

“这个也来绞了。且别收，让它三个绞在一处倒有趣呢！”众人皆笑道。说话间，那“喜”字果然与这两个凤凰绞在一处。三下齐收乱顿，谁知线都断了，那三个风筝飘飘摇摇都去了。众人拍手哄然笑道：“有趣！可不知那‘喜’字是谁家的？忒促狭了些。”众人说笑着纷纷皆放了手中的风筝，散了。

第十五回

看笑话赵姨娘挑唆
听壁根小鹊儿告密

话说转眼又至贾母寿诞之日，因今岁乃是八旬之庆，故格外隆重。贾赦、贾政、贾珍、贾琏等商议，定了于七月二十八日起至八月初五日止，荣宁两处齐开筵宴。皇亲国戚、公侯将相无不来拜，两府中俱悬灯结彩，屏开鸾凤，褥设芙蓉，笙箫鼓乐之音，通衢越巷。

南安太妃、北静王妃并几位世交公侯的诰命来贺，贾母等皆是按品大妆迎接。一时看了戏，用了酒菜，大家便更衣复入园来，另献好茶。

南安太妃便问宝玉何在，贾母笑道："今日几处庙里念《保安延寿经》，他跪经去了。"南安王妃又问众小姐们，贾母便说在别处看戏呢。南安太妃笑道："即这样，何不叫人请来？"

"去把你史大妹妹、薛家妹妹同你林妹妹带来，再只叫你三妹妹陪着来吧。”贾母便回头对凤姐道。

一时凤姐领了宝钗姊妹与黛玉、探春、湘云五人来至园中，大家见了各自请安问好，皆赞不绝口。其中湘云最熟，南安太妃一见她便笑道：“好啊，你在这里，听见我来了也不出来，还等请去。我明儿和你叔叔算账。”说着又一手来拉探春，一手来拉宝钗，问几岁了，又连连夸赞。松了她两个，又拉着黛玉、宝琴着实细看，极夸了一会。笑道：“都是好的，不知叫我夸哪一个的是。”早有一人将备用的礼物打点出五份来，南安太妃笑道：“别笑话，留着赏丫头们吧。”五人忙拜谢过。北静王妃也有五样礼物，余者不必细说。

这几日尤氏也不回宁府，帮着凤姐料理出入大小器物以及收放赏礼事务，晚间便在李纨房中歇宿。这一日服侍贾母晚饭毕，因见园中角门未关，便命个小丫头子去寻该班的女人，自己却往怡红院而去。

谁知那小丫头子支使不动荣府的人，反倒白受了几句闲话，便气哼哼寻到尤氏，将那两个婆子说的话一一学与尤氏。尤氏听说“各家门，另家户，你有本事，排场你家人去”这话，不禁心头来火，便要找凤姐来理论，被袭人等劝住。

袭人差了个小丫头去园外找人来关门，那小丫头出去可巧遇见王夫人的陪房周瑞家的。这也不是个省事的主，听了这话飞跑来见尤氏，讨了一通尤氏的好，又将此事回了凤姐，说："奶奶若不戒饬，大奶奶脸上过不去。"

凤姐听了便叫先将那两个惹事的婆子捆了，等忙过贾母的生日，再送到宁府凭尤氏开发。周瑞家的巴不得这一声儿，素日便与这几个人不睦，出来便命一个小厮到林之孝家传凤姐的话，立刻叫林之孝家的进来见大奶奶，一面又传人立刻捆了那两个婆子，丢进马棚里派人看守。

林之孝家的不知有什么事，此时已经点灯，听见凤姐传唤，慌得赶忙坐车进来。谁知凤姐已经歇下了，叫她去见尤氏便是。

林之孝家的只得进园。彼时尤氏已回稻香村内歇息，听见林之孝家的这么晚赶进来，心里反有些过不去，忙叫人唤进来，笑说此事已了。李纨想说缘故却被尤氏拦住了。林之孝家的见如此，只得回身出园去。谁知赵姨娘幽灵似的在外头转悠，一见林之孝家的便笑道："哎哟哟，我的嫂子，这会子还不家去歇歇，还跑些什么？”

“何曾不家去的？这不是二奶奶急召，才又赶回来的嘛。”林之孝家的懊恼道，“谁知竟是白跑一趟，到底为着什么竟是一头雾水呢！”

赵姨娘原是个好察听的，素日又爱与管事的女人们扳厚，好互相联络作首尾。贾母庆寿，她自然是上不了台面，这几日憋了一肚子的无名火，在园内外乱转，最好寻点凤姐、王夫人等照应不到的笑话看看。方才的事她早已打听了八九分了，听林之孝家的如此说，便将自己所知添油加醋地告诉了林之孝家的一遍。林之孝家的听了，笑道：“原来如此，也值一个屁！开恩呢，就不理论；心窄些呢，也不过打几下子就完了。”

“我的嫂子，事虽不大，可见她们太猖狂了些。巴巴儿地传进你来，明明地戏弄你，玩耍你。”赵姨娘说着偷觑了林之孝家的一眼，小丫头手里的灯光昏暗，看不清林之孝家的脸色，只得随口道，“快歇歇去，明儿还有事呢，也不留你吃茶去！”

林之孝家的微微一笑，道：“我回去了，姨奶奶也歇了吧。”说罢便出去了。

赵姨娘越想越有趣，便叫丫头小鹊打了灯笼扶着她叫开角门。门上的婆子见是赵姨娘，又听她说有急事找探春，只得放了她俩进去。到了秋爽斋，大门早闭了，小鹊上前敲门，有小丫头来开了门，见是赵姨娘，便进去通禀。探春已然睡下，听说赵姨娘此刻来访，吃了一惊，以为出了什么大事，赶紧叫请进来。

赵姨娘坐下长长短短说了一气，听得探春哭笑不得："姨娘这么晚不睡觉，巴巴儿地走了来，就为了说这么件与己无关的事?！"

"你懂什么?！"赵姨娘"噗嗤"笑道，"今儿周瑞家的捆的那婆子，同那边大太太的陪房费婆子现是儿女亲家，明儿要没好戏看，算我白活了。"

探春听了不由"哦"了一声，见赵姨娘满脸得意之色，不禁心生厌烦，便道："我知道了，姨娘还是回去早些歇息吧，明日还有正事呢。我累了一天，正经乏了。"赵姨娘只得起身走了。

果然不出赵姨娘所料，次日晚间散时，邢夫人当着众人的面向凤姐替那两个婆子赔笑求情。凤姐又羞又气，又被王夫人当众说了几句，不觉有些灰心，遂悄悄滚下泪来，赌气回房偷偷哭了一场。鸳鸯心细，觉察出来，悄向平儿打听得缘故，晚间人散时告诉了贾母。贾母叹息道："这是大太太素日没好气，不敢发作，所以今儿拿着这个扎筏子，明是当着人给凤姐没脸罢了。"因又想起白日留下的贾瑞之妹喜鸾和贾琼之妹四姐儿，便叫鸳鸯去园内关照众人，不可因她们家境贫寒，小看了她二人，使她们受委屈。

鸳鸯便至稻香村。李纨、尤氏都不在，丫鬟们说："都在三姑娘那里呢。"鸳鸯便回身去了晓翠堂，果见她们都在那里说笑。鸳鸯便将贾母之言说了一遍。

尤氏笑道："老太太也太想得到，实在我们年轻力壮的人捆上十个也赶不上。"

李纨亦道："凤丫头仗着鬼聪明，还离脚踪儿不远，咱们是不能了。"

"哎哟，还提凤丫头呢，她可怜见的。虽然这几年没有在老太太跟前有个错缝儿，暗里也不知得罪了多少人！"鸳鸯道，"总而言之，为人是难的。若太老实了没有个机变，公婆又嫌太老实了，家里人也不怕；若有机变，未免治一经又损一经。如今咱们家更好，新出来的这些底下奴字号的奶奶们，心满意足，都不知要怎么样才好，稍不得意，不是背地嚼舌，就挑三窝四，不过安静日子！"鸳鸯说着转向探春道，"这不是三姑娘听着，老太太偏疼宝玉，有人背地里怨言还罢了，算是偏心。如今老太太偏疼你，我听着也是不好。这可笑不可笑？”

“糊涂人多，哪里较量得许多！”探春听她说得刻薄，心中便有些不快，嘴上笑道，“我说倒不如小人家儿，人少的好。虽然人少寒苦些，倒是娘儿们欢天喜地的，大家快乐。我们这样人家人多，外头看着我们，不知我们千金万金小姐何等快乐，殊不知这里说不出来的苦难，更利害。”

“谁像三妹妹好多心多事！”宝玉道，“我常劝你，总别听那些俗话，想那些俗事，只管安富尊荣才是。比不得我们没这清福，该应浊闹的。”

尤氏道：“谁都像你，真是一心无挂碍，只知道和姊妹们玩笑，一点子后事也不虑。”

宝玉笑道：“我能够和姊妹们过一日是一日，死了完了，什么后事不后事！”

李纨等听了都笑道：“这可又是胡说。就算你是个没出息的，终老在这里，难道她姊妹们都不出门的？”

宝玉笑道：“人事莫定，知道谁死谁活？倘或我在今日明日死了，也算是遂心一辈子……”

众人不等话说完，便皆笑道："可是又疯了，别和他说话才好。若和他说话，不是呆话，就是疯话。"

"二哥哥，"喜鸾忽笑道，"你别这样说，等这里姐姐们果然都出了门，横竖老太太、太太也寂寞，我来和你作伴儿。"

"姑娘也别说呆话，难道你是不出门的？这话哄谁？"李纨、尤氏等都笑道，说得喜鸾一下低了头。

探春笑道："起更了，今儿先散了吧。"

众人皆说"是"，打哈欠的打哈欠，伸懒腰的伸懒腰，一时竟都觉着疲倦不堪了，便各自归房安息。

次日一早，赵姨娘便来寻探春，说王夫人屋里的彩霞年纪到了，被放了出去。探春道："这叫个什么事？她出去便出去，这一早上的姨娘便是为她来的么？"

"哎呀，我这正烦着呢，"赵姨娘皱眉道，"你就别再数落我了！"

探春奇道："这便奇了！府中自来便有这规矩，到了年纪的丫头该放的便放出去，这本是一场恩德，怎么姨娘反为这事烦恼？"

"你是揣着明白装糊涂，"赵姨娘斜眼看着探春道，"故意气我是吧？"

“我是真不明白，姨娘不妨直言。”

“哎呀，你不是不知道，彩霞一向同环哥儿要好，同我又合得来，将来好歹也是个膀臂，这一放出去可怎么弄呢？”

探春顿时红了脸，愣了愣方道：“姨娘这话说得太荒唐！这话难道是该来同我说的么？”

赵姨娘听了，不禁亦有些尴尬，嗫嚅道：“我昨儿愁了一夜，也是糊涂了。”

“我要去给老太太、太太请安了，姨娘请自便吧。”探春说完便径自出门去了。

赵姨娘干坐无趣，只得回了房。晚间彩霞的妹子小霞又来找她，说了凤姐的陪房旺儿之子相中了彩霞，非娶不可，听说那小子酗酒赌博，且容貌丑陋，一技无知。小霞便说她姐姐叫她进来，问赵姨娘个准话。赵姨娘道：“你回去告诉你姐姐，叫她莫急，也莫慌，我自想法儿。”小霞答应着去了。

赵姨娘思来想去，遂哄着贾环去讨。贾环一则年纪尚小，这样的话羞于开口，二则也实在并未将彩霞放在心上，便推托道：“不过是个丫头，将来还有的是。”被赵姨娘逼紧了，便道：“我劝你也拉倒吧，反正要说你自己说去，我是不去的。”赵姨娘拿他无法，却又心下不舍，那小霞又来催问，可巧这天晚上见贾政心绪甚佳，赵姨娘便趁机将此事求了贾政。

“且忙什么？等他们再念一二年书，再放人不迟。”贾政道，“我已经看中了两个丫头，一个与宝玉，一个给环儿。只是年纪还小，又怕他们误了书，所以再等一二年看。”

“哎哟哟，宝玉已有了二年了，老爷难道还不知道？”

“是谁给的？”贾政忙问。

赵姨娘才欲告诉袭人之事，却听外头一声响，不知何物，忙问时，原来是外间的窗屉不曾扣好，塌了屈戌了，掉了下来。赵姨娘骂了小丫头两句，自己带领丫鬟上好，复又进来打发贾政安歇了，不在话下。

谁知方才的响动乃是赵姨娘房里的小丫头小鹊听壁根儿不小心碰着了窗屉。那小丫头听了赵姨娘的话，趁人不备，一溜烟跑到怡红院。院门早关了，婆子开门，见是小鹊，便问她什么事。小鹊不理她，径直往里便跑。因之前袭人等俱是交待过的，那婆子便也不拦她，由她自进了宝玉房内。只见宝玉才睡下，晴雯等犹在床边坐着玩笑，见她来了，都问："什么事，这时候又跑了来做什么？"

小鹊笑向宝玉道："我来告诉你一个信儿。"便将方才赵姨娘的话一五一十地学与众人，"明儿你仔细老爷问你话。"说着，回身就走。

"好妹妹，且吃了茶再去。"袭人道。

"谢谢花大姐姐。"小鹊笑道，"不敢吃，一会儿园门关了，我再出不去了。"

"妹子，"晴雯将桌上放的两盘子点心包了，递与小鹊，"这个带上，下午老太太才赏的。"

"谢谢晴雯姐姐。"小鹊高兴地接了点心，一径去了。

第十六回

查赌局史太君发威
惩刁仆贾小姐动怒

那小鹊去后，这里宝玉听了这话，便如孙大圣听见了紧箍咒一般，登时四肢五内一齐皆不自在起来。思来想去，别无他策，唯有理熟了书，预备明儿盘考。只要书不舛错，便有他事，也不相干，也可以搪塞，遂起身读书用功。这临时抱佛脚哪里顶事？温习了这个，又怕明日问那个；温习了那个，又怕明日问这个。带累得一屋子的大小丫鬟们统起来陪公子读书。

众人正困倦不堪之时，芳官从后房门跑进来，口内喊道："不好了，一个人从墙上跳下来了！"众人听说皆吵嚷起来，各处寻找，并未见半个人影，便皆说是芳官睡花了眼，看见风摇树枝误认作人了。

谁知晴雯见宝玉读书实在艰难，恰此时芳官说是看见了人，遂灵机一动，悄悄替宝玉出了个装病的主意来脱此难：“趁这个机会快装病，只说唬着了。”且故意闹得众人皆知。

次日贾母闻知宝玉被唬，细问缘由，谁敢隐瞒？只得回明。贾母怒道：“我料到必有此事。如今各处上夜的人都不小心，还是小事，只怕他们就是贼也未可知！”当下邢夫人并尤氏等都过来请安，凤姐、李纨及众姊妹等皆陪侍贾母，听如此说，都默无所答。

独探春出位笑道：“近因凤姐身子不好，几日园内的人比先放肆了许多。先前不过是大家偷着一时半刻，或夜里坐更时，三四个人聚在一处，或掷骰或斗牌，小小的玩儿，不过为熬困。近来渐次放荡，竟开了赌局，甚至有头家局主，或三十吊、五十吊、一百吊大输赢。半月前竟有争斗相打之事。”

“你既知道，为何不早回我们来？”贾母道。

“我因想着太太事多，且连日不自在，凤姐又病着，所以没回。”探春道，“只告诉了大嫂子和管事的人们，戒饬过几次，近日好些。”

“你姑娘家，如何知道这里头的利害！”贾母不快道，“你自为耍钱常事，不过怕起争端，殊不知夜间既耍钱，就保不住不吃酒，再保不住门户不任意开锁。或买东西，寻张找李，其中夜静人稀，趁便藏贼引盗，何等事做不出来？况且园内你姊妹们起居相伴皆系丫头、媳妇们，贤愚混杂，贼盗事小，再有别事，倘略沾带了，关系不小。这事岂可轻恕?！”

探春闻言，只得默然归坐。

众人见贾母发怒，谁敢徇私？即刻传了林之孝家的等总理家事四个媳妇到来，吩咐下去，查得大头家三人，小头家八人，聚赌者共二十多人。这三个大头家一个就是林之孝的两姨亲家，一个是园内厨房柳家媳妇之妹，一个是迎春之乳母。贾母亲自一一惩处。

黛玉、宝钗、探春等欲为迎春乳母求情，贾母一概不允，众人再不敢多言。

一时，贾母歇响，大家散出，都知贾母今日生气，皆不敢各散回家，只得在此暂候。邢夫人在王夫人处坐了一回，也就往园内散散闷来。可巧看见贾母房中的小丫头子名唤傻大姐的，捡了个绣春囊在手，正傻呵呵地瞅着乐呢。邢夫人见了，赶紧死死攥在手心里，环顾四周，见皆是些女孩儿，便自己塞在袖内，心中暗自揣摩此物来历，并不形于声色，且来至迎春室中。

迎春正因她乳母获罪，自觉无趣，心中不自在，忽报邢夫人来了，忙接入内室奉茶。

邢夫人落座，见迎春低眉顺眼在旁坐下，一副任人揉搓之态，不禁心中来气，遂开口责怪她未将自己乳母管好。迎春低头承受。邢夫人见她不语，只低了头弄衣裳，心中越发生气，冷笑道：“总是你那好哥哥、好嫂子，一对儿赫赫扬扬，琏二爷、凤奶奶，两口子遮天盖地，百事周到，竟通共这一个妹子，全不在意！但凡是我身上掉下来的，又有一话说，只好凭他罢了。况且你也不是我养的，你虽不是同他一娘所生，到底是同出一父，也该彼此瞻顾些，也免别人笑话。”想想又道，“我想天下的事也难较定，你是大老爷跟前的人养的，这里探春丫头是二老爷跟前的人养的，出身一样。如今你娘死了，从前看来你两个的娘，只有你娘比如今赵姨娘强十倍的，你该比探丫头强才是，怎么你反不及她一半?！谁知竟不然，这可不是异事?！倒是我一生无儿无女的，一生干净，也不能惹人笑话议论为高！”

“我们姑娘老实仁德，哪里像他们三姑娘伶牙俐齿，会要姊妹们的强。”旁边伺候的媳妇们，有与赵姨娘不睦的，有嫉恨探春的趁机说道，“她明知姐姐这样，她竟不照顾一点儿。”

“连她哥哥嫂子还如是，别人又做什么呢！”邢夫人不屑道。一言未了，外头人回：“琏二奶奶来了。”邢夫人听了，冷笑两声道：“请她自去养病，我这里不用她伺候。”紧接着又有探事的来报说：“老太太醒了。”邢夫人这才起身往前边去了。

邢夫人前脚走，后脚迎春乳母的儿媳王住儿家的便来了，只为求迎春去替她婆婆讨情，不想却为着迎春的攒珠累丝金凤之事同大丫头绣橘争了起来。原来迎春的乳母因没了赌本，便偷偷拿了迎春的金凤质押了，如今出了事，金凤却未赎回。绣橘、司棋二人便同王住儿家的吵了起来。那王柱儿家的又羞又急，又欺迎春软弱，说话便牵三扯四，说邢岫烟在此寄居连累他们家倒贴了三十来两银子。迎春劝止不住，自拿了一本《太上感应篇》看，由她三人吵去。

正没开交处，可巧宝钗、宝琴、黛玉、探春等因恐迎春乳母出事，今日不自在，都约了来安慰她。走至院中，恰听得几人吵嘴。探春从窗内一看，只见迎春倚在床上看书，若有不闻之状。探春不禁笑了。

“姑娘们来了。”小丫头们忙打起帘子，报道。迎春忙放下书起身相迎。王住儿媳妇见有人来，且又有探春在内，不劝而止，遂趁便要走。

探春坐下，便问："刚才谁在这里说话？倒像拌嘴的。"迎春慌忙遮掩说没什么，探春笑道："我才听见什么'金凤'，又是什么'没有钱只和我们奴才要'，谁和奴才要钱了？难道姐姐和奴才要钱了不成？难道姐姐不是和我们一样有月钱的，一样的用度不成？"司棋、绣橘一听立马将王住儿家的话学与探春听。

"姐姐既没有和她要，必定是我们和她们要了不成?！"探春笑道，"你叫她进来，我倒要问问她！"迎春慌忙劝阻，探春道："我和姐姐一样，姐姐的事和我的事也一般。她说姐姐即是说我，我那边的人有抱怨我的，姐姐听见也即同怨姐姐是一理。咱们是主子，自然不理论那些钱财小事，只知想起什么要什么，也是有的事，但不知金凤因何又夹在里头？"

王住儿媳妇听见探春问及金凤之事，吓得脸都白了，生怕绣橘等告出她来，慌不迭进来掩饰道："姑娘的金凤那天是我们老奶奶收了，姑娘们一时没寻着，正问着呢！"

"真真胡唚。"绣橘怒道。

探春见王住儿家的满面惶恐，早知其意，微微一笑道：“你们所以糊涂。如今你奶奶既得了不是，趁此求二奶奶，把方才的钱尚未散人的，拿出些来赎了就完了。”王住儿家的一听这话，吓得一声不敢再吱。探春接着道：“比不得没闹出来，大家都藏着留脸面。如今既是没了脸，趁此时纵有十分罪，也只一人受去，没有砍两个头的理。你依我，竟是和二奶奶说去。在这里大声小气，如何使得？”

王住儿家的被探春说出真病，顿时如霜打的茄子，蔫在当地，哪里敢去凤姐面前自首?！探春使了个眼色与侍书，侍书出去。黛玉瞥了侍书一眼，并未吱声。探春一笑道：“我不听见便罢，既听见，少不得替你们分解分解。”

正说着话，忽见平儿进来。“三姐姐敢是有驱神遣将的符术？”宝琴拍手笑道。

“这倒不是道家玄术，倒是用兵最精。”黛玉笑道，“所谓‘守如处女，脱如狡兔’，出其不备之妙策也。”

宝钗恐她二人说笑，损了探春之威，忙使眼色与她二人，令其不可。探春见平儿来了，便问：“你奶奶可好些了？真是病糊涂了，事事都不在心上，叫我们受这样的委屈。”

“姑娘怎么委屈？谁敢给姑娘气受，快吩咐我。”平儿忙道。

王住儿家的顿时慌了手脚，赶忙上前分辩，被平儿斥责出去。探春道：“我且告诉你，若是别人得罪了我，倒还罢了。如今这住儿媳妇和她婆婆仗着是妈妈，又瞅着二姐姐好性儿，如此这般私自拿了首饰去赌钱，而且还捏造假账折算，威逼着还要去讨情，和这两个丫头在卧房里大嚷大叫，二姐姐竟不能辖治，所以我看不过，才请你来问一声：还是她原是天外的人不知道理，还是有谁主使她如此，先把二姐姐制伏，然后就制伏我并四姑娘了？”

“姑娘怎样今日说这话出来？我们奶奶如何当得起！”平儿忙赔笑道。

“俗语说的‘物伤其类’‘齿竭唇亡’，我自然有些惊心。”探春冷笑道。

平儿便问迎春主意，只按她意思处置便是。谁知迎春正和宝钗阅《感应篇》竟连探春之语亦不曾闻得，忽听平儿相问，便笑说自己不管，听凭平儿与探春处治。众人听了，都好笑起来。

黛玉笑道：“真是‘虎狼屯于阶陛，尚谈因果’。

若使二姐姐是个男人，这一家上下许多人，又如何裁治他们？”

迎春笑道：“正是。多少男人尚如此，何况我哉?!”

众人说笑一回，平儿自去。回到房中，凤姐问她：“三姑娘叫你做什么？”平儿知道凤姐是个爱操心劳神的，如今一身的病，还事事放不下，故笑道：“三姑娘怕奶奶生气，叫我劝着奶奶，这两天可吃些什么。”余话并不提及。

凤姐与平儿主仆二人正说着话，外头丫头报：“太太来了。”凤姐与平儿等忙迎了出来，但见王夫人面色铁青。却原来邢夫人将方才所得绣春囊封了，遣人送与了王夫人。王夫人先以为是凤姐粗心失落，故来问罪。及至凤姐赌咒发誓说不是自己的，连同平儿亦是敢下保的，王夫人这才放下心来，怒气稍平。只是今日绣春囊之事却也触动了王夫人心事，越性唤了周瑞家的、吴兴家的、郑华家的、来旺、来兴几家陪房来，恰邢夫人的陪房王善保家的走来打探消息，王夫人便叫她一起，随同进园去好好查检一番。

几人谋划即定，至晚饭后，贾母安寝了，王善保家的便请凤姐同入园中，喝命园门皆锁上，便从上夜的婆子处抄检起来。次后就到了怡红院，出了怡红院直奔潇湘馆，出了潇湘馆又到探春房内，谁知早有人报与探春了。探春也就猜着了必有缘故，所以引出这等丑态来，遂命丫鬟们秉烛而待。

一时凤姐等人来了，探春故意问道："何事？"

"因丢了一件东西，访查不出人来，恐怕旁人赖这些女孩子们，所以越性大家搜一搜，使人去疑，倒是洗净她们的好法子。"凤姐笑道。

"我们的丫头自然都是些贼，我就是头一个窝主。"探春冷笑道，"既如此，先来搜我的箱柜。她们所偷了来的，都交给我藏着呢。"说着便命丫鬟们把箱子一齐打开，将镜奁、妆盒、衾袱、大小衣包等物一齐打开，请凤姐去抄阅。

凤姐忙赔笑道："我不过奉太太的命来，妹妹别错怪了我。何必生气！"因命丫鬟们快快关上。平儿、丰儿等先忙着替侍书等关的关，收的收。

"我的东西倒许你们搜阅，要想搜我的丫头，这却不能！我原比众人歹毒，凡丫头所有的东西我都知道，都在我这里间收着，一针一线她们也没的收藏，要搜自来搜我。你们不依，只管去回太太，只说我违背了太太。该怎么处治，我去自领。”探春说着又冷笑道，“你们别忙，自然连你们抄的日子有呢！你们今日早起不曾议论甄家？自己家里好好的抄家，果然今日真抄了。咱们也渐渐地来了。可知这样大族人家，若从外头杀来，一时是杀不死的，古人曾说：‘百足之虫，虽死不僵。’必须先从家里自杀自灭起来，才能一败涂地呢！”说着不觉流下泪来。

凤姐便看着众媳妇们。周瑞家的是个识相的，随即便赔笑道：“既是女孩子的东西全在这里，奶奶且请到别处去吧，也让姑娘好安寝！”凤姐趁势便起身告辞。

探春道：“可细细地搜明白了？若明日再来，我就不依了。”

“既是丫头们的东西都在这里，就不必搜了。”凤姐笑道。

“你果然倒乖，”探春冷笑道，“连我的包袱都打开了，还说没翻。明日敢说我护着丫头们，不许你们翻了。你趁早说明，若还要翻，不妨再翻一遍。”

凤姐心知定是哪个与赵姨娘不睦的抑或平日里不喜探春的，趁乱翻了探春的包袱，只此刻不便多说，又知探春素日与众不同，当下只得赔笑道：“我已经连你的东西都搜查明白了。”

探春便转问众人：“你们也都搜明白了不曾？”

周瑞家的等都忙赔笑说：“都翻明白了。”独那王善保家的是个心内无成算的人，素日虽闻探春之名，她自谓众人没服力、没胆量罢了，哪里有一个姑娘就这样起来？况且又是庶出，便敢怎么她?！自恃是陪房，连王夫人尚且另眼相看，何况别人？今儿见探春如此，只当是探春认真单恼凤姐，与她们无干，她便要趁势作脸献好，因越众向前，拉起探春的衣襟，故意一掀，嘻嘻笑道：“连姑娘身上我都翻了，果然没有什么。”

“妈妈走吧，”凤姐见她这样，忙说，“别疯疯癫癫的了。”一语未了，只听“啪”一声响，王善保家的脸上早着了探春一掌。

“你是什么东西，敢来拉扯我的衣服！”探春大怒道，“我不过看着太太的面上，你又有年纪，叫你一声妈妈，你就狗仗人势，天天作耗，专管生事！如今越性了不得了。你打量我是同你们姑娘那样好性儿，由着你们欺负她，就错了主意！你来搜检东西我不恼，你不该拿着我取笑儿。”说着便亲自解衣卸裙，拉着凤姐非叫细细地翻，口中嚷着："省得叫奴才来翻我身上。"

凤姐、平儿等忙与探春束裙整袂，口内喝着王善保家的说："妈妈吃两口酒就疯疯癫癫起来，前儿把太太也冲撞了。快出去，不要提起了！"又劝探春休要生气。探春冷笑道："我但凡有气性，早一头碰死了！不然岂许奴才来我身上翻贼赃呢？明儿，我先回了老太太、太太，然后过去给大娘赔礼。该怎么，我就领！"

"罢了，罢了！"那王善保家的讨了个没意思，又想自己找回些颜面，便在窗外说道，"这也是头一遭挨打。我明儿回了太太，仍回老娘家去吧。这个老命还要他做什么！"

"你们听着她说话，还等我和她对嘴去不成?!"探春厉声喝命丫鬟道。

侍书等听说，忙出去道："你果然回老娘家去，倒是你的造化了，只怕你舍不得去。"

凤姐见了忍不住笑道："好丫头，真是有其主必有其仆。"

探春听了冷笑道："我们做贼的人，嘴里都有三言两语的。这还算笨的，背地里就只不会调唆主子。"

平儿忙也赔笑解劝一会，又拉了侍书进来。周瑞家的等人亦劝了一番。凤姐直待服侍探春睡下，方带着人往对过稻香村而来，随后又去了藕香榭，别了惜春，方往迎春处去。直闹到大半夜，方将查出事来的王善保的外孙女儿司棋监守起来。众人这才各自散去。

第十七回

紫菱洲无言随风逝
秋爽斋默然听天命

且说抄检大观园那日晚间，除了迎春房里的司棋被查出与她表兄弟潘又安有私，惜春房里的入画也私藏了些她哥哥的物件。惜春于是便非叫她嫂子将入画带走，唯恐累及自己，又与尤氏说了许多绝情之语，把个尤氏惹了一肚子的气往稻香村而去。

尤氏到了稻香村，正与李纨说着昨夜抄检之事，宝钗走了来，说薛姨妈身体不好，要搬回家住去好早晚侍奉，又说："我才打发云丫头找你们探丫头去了，叫她同到这里来，我也明白告诉她。"正说着，外头人报："云姑娘和三姑娘来了。"大家让座已毕，宝钗便说要搬出去一事。

探春道："很好。不但姨妈好了还来的，就便好了不来也使得。"

“这话奇怪，”尤氏道，“怎么撵起亲戚来了？”

“正是呢，有叫人撵的，不如我先撵。”探春冷笑道，“亲戚们好，也不必要死住着才好。咱们倒是一家子亲骨肉呢，一个个不像乌眼鸡？恨不得你吃了我，我吃了你！”

“我今儿是哪里来的晦气，偏都碰着你姊妹们的气头儿上了！”尤氏笑道。

“谁叫你赶热灶来了?！”探春道，“谁又得罪了你呢？”因又寻思道：“惜丫头也犯不着啰嗦你，却是谁呢？”尤氏只是含糊支应。探春知她畏事不敢多言，便道：“你别装老实了。除了朝廷治罪，没有砍头的，你不必畏头畏尾的。实告诉你吧，我昨儿把王善保的那老婆子打了，我还顶着罪呢。不过背地里说我些闲话，难道也打我一顿不成?！”

“竟有这样的事?！”宝钗奇道，便问详情。探春一一说了。尤氏见探春说了，便将方才惜春之事也说了出来。

探春笑道：“这是她的脾性，孤介太过，我们再傲不过她的。”想了想又说，“今日一早不见动静，打听凤辣子又病了。我就打发我奶妈子出去打听王善保家的是怎样。”说着“噗嗤”一笑，“回来告诉我说，王善保家的挨了一顿打，大太太嗔着她多事。”

尤氏、李纨皆道：“这倒也是正理。”

“这种掩饰谁不会做？”探春冷笑道，“且再瞧就是了。”

众人听了皆默然无语，坐了一会便散了。尤氏同探春往前头贾母处而去。正是饭时，贾母便命探春来同吃去。探春都让过了，便同宝琴对面坐下，侍书忙取出碗菜来。贾母吃完便叫尤氏等人皆坐下吃，自己背着手看着取乐，因见尤氏吃的乃是下人所食的白粳米饭，问了，才知如今做饭皆是可着人头做了，并没有富余的。贾母遂笑道：“这正是‘巧媳妇做不出没米的粥’来了。”众人跟着也笑，鸳鸯笑骂那伺候添饭的人道：“既这样，你就去把三姑娘的饭拿来添也是一样，就这么笨！”

“我这个就够了，也不用去取。”尤氏忙道。

“你够了，我不会吃的？”鸳鸯笑道。地下的媳妇们听说，方忙着取去了。

第三日便是中秋，众人都至贾母膝前承欢，于凸碧山庄摆开男女两桌团圆席，以供赏月。贾母居中坐下，左垂手贾赦、贾珍、贾琏、贾蓉，右垂手贾政、宝玉、贾环、贾兰，团团围坐。下面还有半壁皆空着，贾母便令人向围屏后将迎春、探春、惜春三个请出来同坐，看着也热闹些。贾琏、宝玉等一齐出坐，先尽她姊妹们坐了，然后在下方依次坐定。一家人游戏一会，贾母恐贾赦、贾政外头还有相公们候着，便叫他们领着子侄们先走了。

贾母这才命将男女两席合并一桌，重新更杯洗箸，陈设一番。因凤姐不在，虽有尤氏勉强说些笑话，哪及凤姐插科打诨，千伶百俐?！贾母听着听着便眯着了。王夫人笑道："实已四更，她们姊妹们熬不过，都去睡了。"贾母听说，细看了一看，果然都散了，只有探春一人在此。

"也罢，你们也熬不惯夜，况且弱的弱，病的病，可倒要费心。"贾母笑道，"只有三丫头可怜见儿的，尚还等着呢。你也去吧，我们要散了。"说着起身吃了口清茶，坐了竹椅小轿下山去了。探春候着王夫人也走了，这才自回秋爽斋。

话说王夫人见中秋已过，便将周瑞家的唤来询问前日园中搜检结果。周瑞家的已和凤姐等人商议停妥，一字不隐，据实回禀。王夫人听了，又惊又怒，却因司棋乃是迎春屋里的，有心去回了邢夫人，又怕邢夫人多心，索性只说是司棋大了，她娘来求，故赏了她娘家去配人，给打发了；余者则一声令下，将晴雯等素日里看不顺眼的尽皆清理出园；小戏子们更是一个不留，一概都令其干娘带去，自行聘嫁。

那艾官一向听说探春极护着自己房里的丫鬟们，抄检大观园之夜又亲见探春不许众人搜检自己的丫头，于是心存侥幸，来求探春说情，想要留下。谁知自上回芳官等与赵姨娘闹了那一出后，探春心中早已认准她几个皆不是省油的灯，况那艾官事后还欲假探春之手收拾夏婆子？故探春不动声色听了她的诉说，叹息道："我又何尝愿意你们出去?！只是你看我可是那做得了主的人？况此事太太亲自发话，谁敢违拗？"艾官无奈，只得洒泪而去。

这日，王夫人见贾母高兴，便趁机将打发园子里丫头的事回了。正说着，只见迎春妆扮了前来告辞回贾赦那边去备嫁。探春直送至园门口方与迎春依依而别，回来路上怅然若失。

后来听说迎春所嫁孙家，并非诗礼名族之裔，虽是世交，不过是他祖父当日希慕宁荣之势，有不能了结之事，这才拜于门下。贾政因此深恶，劝了贾赦两回，无奈贾赦一意孤行，只得罢了。贾母心中虽亦不大愿意，奈何她亲父主张，如何出头多事？况又想，儿女之事自有天意，因此只说“知道了”三字，余不多及。探春念及自己和迎春一样的出身，更不知他日出路，不禁亦暗地里独自一人潸然泪下。

果然堪堪一载工夫便传来迎春自缢的消息，众人皆以为贾赦必不肯轻饶了孙家。谁知一波未平，一波又起，忠靖侯史鼎被参。彼时，朝堂之上，暗流涌动，王子腾又被放了外任。一时间宁荣二府人人心惊，个个胆颤，只瞒着贾母一人，哪里还有心思去烦迎春之事？！更兼迎春的夫婿孙绍祖亲抬了白花花五千两现银去与贾赦赔礼，贾赦都不怪罪了，谁还多事？

这日晚饭后，探春独自在园中闲逛，不知不觉竟走到了紫菱洲。但见轩窗寂寞，屏帐倏然，只有几个该班上夜的老妪在院子里随意洒扫。再看那岸上的蓼花苇叶，也都觉摇摇落落，似有追忆故人之态，迥非从前逞妍斗色之季可比。探春情不自禁长叹一声，忽听背后亦传来一声长叹。探春唬了一跳，回头看时，却是宝玉不知何时站在身后。宝玉见探春回头，本想找两句话来聊，却又心绪落没，懒怠敷衍，探春亦然。兄妹二人相对无言，静立于缀锦楼前，远眺藕香榭，看天色渐暗。

袭人寻来，见侍书立在门口，远远望着他两个，想起迎春来，心下也十分难过，情不自禁，滴下泪来。

“天黑了，这会子早晚还是有些凉，不可由着他们。”袭人道，“走吧，都叫回家吧。”侍书点头，二人过去拖了宝玉和探春各自回家。

次日，探春、惜春照例去贾母、王夫人处请安毕，无事便欲退出，王夫人笑道：“四姑娘先请回吧，三姑娘且稍候，老爷有话要对你说。”惜春便先行告退了。探春心中诧异，不便多问，只好坐着与王夫人边闲话家常，边等贾政。

天近晌午，贾政方至。王夫人与探春忙起身行礼，复又坐下。

“咳，咳。”贾政作势清了清嗓子，“我一向知道你与她们众姊妹不同，太太也时常夸你。”探春听见这两句浑不着边际之语，心中顿生不祥之感。贾政又“咳”了下嗓子，接着说：“如今虽然时局小有动荡，但到底四海清平，万方臣服，此皆圣明天子之德。我等久沐皇恩，日夜思报，眼下正有一事需我等为君分忧，为国效力。”探春越听越糊涂，又不敢插嘴询问，只得低头听着。

“咳！”贾政又清了下嗓子，“南安王爷、王妃欲认你为义女。”探春一惊，下意识抬头看向贾政。贾政望着探春顿了顿，接着道：“粤东番国特遣使臣来朝求娶王妃，圣上已于朝堂之上亲口册封南安王府待嫁女为锦云郡主。南安县主年纪尚幼，难当此任。”说到此处，贾政停了下来，实在想不出什么合适的说辞，便道：“这两日，太太就携你去拜见王爷、王妃并南安太妃，你早做准备。”

探春听了顿时心如刀绞，昨日自己还在为迎春悲叹，来日自己便要远嫁番国，还是代嫁，不说伶仃异地，连回乡亦无望，更不知将来骨埋何方！一念及此，眼中的泪忍也忍不住，便滚落下来。

贾政、王夫人见她如此，心中亦十分不忍。王夫人道：“好孩子，你一向懂事，你且细想想，且不说圣命难违这一层，只这一嫁，远虽远点，然贵为王妃，何等的荣华富贵?！遍京城哪里去寻这样的亲事！”

“这样的事，本不必同你说，一则因要远嫁，聚日无多，二则圣上金口亲封了锦云郡主，眼下虽未出阁，来日你贵为王妃，你我虽系父女，亦为君臣，故才同你说明此事。”贾政道。

探春暗自思忖：“若说远嫁，大姐姐近在咫尺，如隔天涯。如今听说史家出了事，王家又岌岌可危，咱们家这些子弟除了琏二哥哥尚可在外支撑，然听闻也是时常眠花宿柳。余者皆不过酒囊饭袋罢了。便是宝玉，也不过是个绣花枕头，正经经济仕途一概不能。我自己素日时常感慨，身为女儿，不能像男子一样出去创一番事业，如今事已至止，又何必徒作悲伤？莫不如去那海外番国闯上一闯，横竖不过这一条命罢了。只是想叫我做他人替身，却是万万不能，到时我自有主张。”想到此处，探春拭了泪道：“什么圣上金口玉言如何如何，于我而言，若不情愿，不过一死。只是父母亲大人养育之恩未报，如何敢擅作主张？况如今形势煎熬，我便是在深闺之中也有所耳闻，怎敢顾惜自己一人一身，不为父母、家族分忧？”说着起身走至贾政、王夫人面前跪了下来，“所以此等大事，从来都是父母之命、媒妁之言，哪里有我一个深闺女儿乱说话的？我若是连这点道理都不知，非但有辱父母教诲，便是连老太太素日的疼爱竟都辜负了。”

“好孩子，”王夫人离座双手扶起探春，垂泪道，“我竟不知你是如此地深明大义。”

贾政亦动容道：“果然是我贾存周之女。”转又叹息道，“宝玉同环儿那两个孽障，空负了一身男子皮囊，竟不如你之万一。”

一家三口又说了些体己话，贾政才命探春回去准备，次日便由王夫人携了去拜南安王夫妇。

第十八回

南安县主初会近邻
锦云郡主代嫁远行

次日，探春着了礼服，先去见了贾母。彼时贾母已知情由，心中虽不舍，然贾政亲自来说了利害，又想："这一嫁好歹也是个王妃，总好过在京城由着那帮王孙公子们挑拣正庶。"

探春辞别贾母，同王夫人共坐一辆朱轮青盖车来至南安王府。南安王妃亲迎至仪门口，将二人引进内室，先去拜见太妃。南安太妃待探春行礼毕，忙招手叫探春到跟前来，拉了手好一番夸赞，又叫侍女们赶紧去唤锦云前来。

不一时，便听得有人一路笑着跑了来，后头侍女们一迭声叫着："慢点，县主你慢点，仔细摔着了。"话音未落，便见一少女咯咯笑着跑了进来，笑道："请老祖宗安，请母妃安。"

“这是你贾家婶母，快来见过。”王妃笑道。

那女孩便过来行礼，王夫人忙离座扶起。

“过来过来，”太妃招手笑道，“你快过来。”遂松了探春的手，双手拉了那姑娘，笑嗔道：“你看看你，都多大了，还跟个小子似的！快来见过你贾家的探春姐姐。”又对探春笑道，“这便是我们家的锦云了。”

探春忙行礼道：“见过县主。”

“探春姐姐。”锦云笑着还了礼，随即便向太妃道：“老祖宗，我先告退了，她们都还等着我呢。”

“不许走。你有什么正经事！”太妃道，“留下陪你探春姐姐说说话儿。”

“要不姐姐你跟我一块走吧！”锦云噘着嘴刚要坐下，忽然灵机一动，对探春笑道，“咱们放风筝去。”

见探春有些为难，王妃对王夫人笑道：“王爷和政公皆要散朝才回，就让她们姐妹去玩会儿吧。咱们姐妹也好清清静静说说话，可好？”

王夫人笑道：“如此最好。”

锦云闻言，跳起来拉了探春便走，探春行了礼退出，跟着锦云往后院而去。一路上，锦云笑问探春家里姊妹几人，为何今日只她一人来了。又说听太妃说，她家还有好几个姊妹年岁相仿，人又都极好，怎么一个都未带了来。探春看她一路上大说大笑，度其秉性与湘云十分相像，又见她眉眼之间类似宝琴，言谈举止一派天真，全不似家中诸姊妹心事重重，不由得心生亲切之感，便笑着一一应答。言谈之间，方知她并不知晓婚嫁之事，只知道父母今日要认探春为义女。

“姐姐，你知道吗？我打小就羡慕人家有姊姊妹妹的，偏生我家就只有我一个。虽有个大哥哥，却是比父王还要严谨，又远在西南边塞。你说气人不气人？”锦云道，“姐姐，你从今往后要常来我家找我玩。”又歪着头想了想，“又或者你给我发个帖子，邀我去你们家玩。”俩人说着话早已来至一处空地，探春一眼看见几个小丫头扶着个大红喜字的风筝正等着锦云。探春看那风筝，有些眼熟，却想不起谁也有这样一个风筝。

“快快快，”锦云早跑了过去，“你去捆剪子股，你去拨籰子。哎你，我方才走的时候叫你去搬个高凳子来！糊涂东西，快去呀！”锦云一边忙着指挥众丫头，一边转脸对探春道：“探春姐姐，你喜欢放风筝么？”

探春点点头，笑道：“我们姊妹在家也放着玩儿。”

锦云招手道：“姐姐，你来看我放，我放得又高又稳。”说着话已将地上的风筝放了起来，“我有好多风筝，你们快再去拿一个来给探春姐姐放。这个虽不十分好看，放着却最稳，又容易起，比那些美人啊，金鱼什么的都好放。”锦云边仰头望着风筝边放手上的线，边同探春说着话，“姐姐你来，这回劲大了，就稳了。”早有丫鬟递过手帕来，让探春垫着手；探春接了，顿了一顿，果然风紧力大。

“怎么样，这个喜字的好放吧?!兜着些风便起。”锦云笑道，“我原先还有一个更大的。”锦云拿手比划着，“有门扇那么大！下头还带响鞭的，可惜上回跟两个凤凰绞在一处皆飞了。”探春听了大吃一惊，蓦然想起上回自己放风筝的事，一不留神手上一松，那风筝顿时脱了手。“啊呀！”锦云惊呼一声，赶紧去追，那风筝飘飘摇摇，越飞越高，锦云跳了两下皆未够着，几个小丫鬟在后头追着跑了几步，眼看着它飞去了。探春忙道：“哎呀，竟将妹妹的风筝弄丢了！”

“不值什么！”锦云笑道，“我多的是。叫她们再去取就是了。”

…………

从南安王府回来，探春先去见过贾母。贾母问了几句今日情形，便嘱咐探春回去好生歇息。探春回到自己房中，坐着出了会子神，点点头，心中暗道："看来万事万物，冥冥之中早有安排。"遂一心备嫁，不作他想。

那赵姨娘先是听说探春要嫁作王妃，乐得逢人便说，见了王夫人亦难掩得意之色。王夫人也不说破，由她去傻乐。贾环听了赵姨娘之言，也是万分得意，自谓不久便可以国舅自居了，言行皆骄矜起来。后来隐约听人说探春竟是要远嫁到外番去的，心中生疑，有心想找探春核实，却又不敢，于是便将这话说与赵姨娘，叫赵姨娘去问探春。赵姨娘本就畏惧探春几分，如今听说她就要当上王妃了，哪里还敢前去啰嗦！却又忍不住心里发毛，晚上得空细问贾政，才知非但是要远嫁外番，更是顶了安南王之女锦云之名代嫁的，这才慌了手脚，顿时便哭将起来，求贾政做主。

"唉，"贾政叹息道，"你快别胡闹了！这样大事，岂是你我说变就能变的?！"见赵姨娘嘤嘤哭个不歇，心下也是不忍，便劝道："她是你女儿，难道便不是我的女儿么?"赵姨娘越发哭得伤心。贾政无奈，只得以大话压她："此乃皇上钦命，你我项上有几颗人头，敢违抗圣旨？”果然赵姨娘听了，再不敢啰嗦，收了泪，老老实实伺候贾政安寝，次日对探春之事再闭口不提，然到底放心不下，便趁着晚饭前无事，悄悄至秋爽斋，却听见里头李纨、凤姐等人说话声音，便又悄悄退了出去。

那赵姨娘本来垂头丧气地走着，途经潇湘馆，忽然心中一动，遂蹑手蹑脚地进了院子。院内寂静悄声，隐隐听见黛玉房中有人说话。赵姨娘越放轻了脚步，直走过去，伸手一把掀开帘子，恰看见宝黛二人并排坐在榻上。二人一抬眼看见赵姨娘，皆吃了一惊。赵姨娘笑道：“姑娘这两天好？”黛玉猜她从探春处来，从门前过，不过又是顺路的人情，便赔笑让座道：“难为姨娘总想着，还亲自走来。三妹妹可好？我们也正想去瞧她呢！”

“唉，好什么呀好！”赵姨娘叹了口气。黛玉命紫鹃倒了茶来，宝玉见赵姨娘来了，问了好起身便走了出去。

“我只说是总算熬出了头，谁知竟是嫁到外番去呢。”赵姨娘撇嘴道。

“外番也是王妃呀！”黛玉抿嘴笑道，“还未给姨娘道喜呢。”

“哎哟，姑娘就别取笑了。”赵姨娘摆手道，“什么王妃呀，且不说是代嫁了，便是正经嫁了，这万水千山的，千好万好我们娘儿们又能得着什么好?!哪及姑娘这般看得见摸得着的好！”赵姨娘一语出齿自知失言，果然黛玉顿时拉下脸来，冷笑道：“姨娘这话我倒不明白了。”赵姨娘一时语塞，窘得满脸通红。紫鹃忙道：“外头仿佛传晚饭呢，姨奶奶不去么？”

“去去去。”赵姨娘忙道，“姑娘歇着吧，改天再来瞧姑娘吧。”说着慌慌张张去了。

“姑娘可听见方才赵姨奶奶说的‘代嫁’二字么？”紫鹃疑道，“这话是什么意思呀？”

黛玉想了想，道：“是啊，她仿佛是说了‘代嫁’，却是何意？”有心去找探春问个明白，又怕她多心，索性吃了晚饭去寻宝玉，叫他去问。宝玉听说亦吃惊不小，忙去找王夫人询问，这才知道事情原委。姊妹们亦方明真相，只谁也不敢提及，唯恐探春伤感。

且说那番国使臣，归心似箭，今见婚事已定，便上表朝廷奏请早日接了郡主还乡以复王命，且择了清明之日起程。南安王不悦，说：“从来我中华儿女哪有清明婚嫁之理？”

忠顺王笑道：“南安王爷所言极是，只是他那番邦小国知道什么清明谷雨、春风冬至？不过从心所欲耳。既如此，也未尝不好，所谓‘无知无畏’，又道是‘百无禁忌’。锦云郡主此去自然要使那番邦见识到我天朝教化礼仪、女子才德，然亦须入乡随俗，方能安居乐业。眼下王爷又何必拘泥于此等小节？”忠顺王归班后即悄声对南安王道：“锦云郡主早日成行，王爷亦可了却一桩心事，何必等着夜长梦多呢?！”

南安王大惊，知道事已不密，只好出班道：“忠顺王爷之言果有些道理，既如此，本王亦顺其自然便是。”

“好一个顺其自然。”圣上闻言淡淡笑道，“世间万物，唯自然最为珍贵，便准了粤东使臣奏请吧。”

…………

转眼到了嫁期，南安王府派了一乘小轿来，接了探春过府，探春与家人洒泪而别。赵姨娘站在人后，眼巴巴望着探春，并不敢将伤悲十分显露出来。探春亦只作不见，只与贾母、王夫人等一一拜别。

是日，贾政与王夫人，贾赦与邢夫人，贾珍与尤氏，皆按品装束了，携了贾琏、宝玉、贾蓉几个亲到王府祝贺。南安王爷与贾政等人在外相叙，王妃亲领王夫人等入内，与探春一见。彼时，探春早已凤冠霞帔地大妆了，见了王夫人等便拜了下来。众人慌忙搀住，不让行大礼。探春不依，执意要拜，邢王二位夫人只得坐了，受了礼。礼毕，众人心中纵有万语千言，此时也寻不出话来，只干坐着，相对垂泪而已。

一时外头礼官高唱："吉时已到！"众人拥了探春出来，宝玉本欲挤近前同探春话别，奈何外男如何近身？只探春上轿之时，看了一眼，却是早已蒙了红盖头，竟是连面也不曾见着。

一时间鞭炮齐鸣，鼓乐喧天，花彩缤纷，府门外又有大内所赐仪仗执事相候，见花轿抬出，皆拥上各按其班。霎时间帐舞蟠龙，旗飞彩凤，金银焕彩，珠宝争辉，威威赫赫，往江边码头而行。

贾琏见宝玉伸头踮脚，急得满头大汗，悄悄扯了扯他。宝玉会意，趁人不备，二人悄悄溜出人群。昭儿、茗烟眼尖，跟了出来。宝玉便叫他二人伺机告诉侍书、翠墨等人，自己与贾琏到前头等着，看可有机会一见。说罢，二人翻身上马，先去离码头约三五里地，一转弯处候着。

二人到了河道转弯处，却见有一艘大船，披红挂彩泊在那里，二人也未在意。等了许久，方见探春所乘彩舟破水而来。

探春早立于船头眺望，远远便望见贾琏与宝玉立于岸边。宝玉拼命挥手，并不敢呼喊，探春也唯有挥手而已，并不敢出声。

眼看着探春的船从面前驶过又渐渐远去，贾琏和宝玉方重又上马回南安王府。

第十九回

搏富贵傅试志踌躇
锁深宫粤王意踟蹰

探春从船头转到船尾，早已是泪流满面，直到再看不见贾琏与宝玉二人，忍不住掩面哭泣。侍书等人忙上前劝解良久，方将探春劝入舱内。

晚上，船只靠岸休整。侍书对探春道：“姑娘，你瞧见没有，后头那艘大船跟了我们这半日了，如今索性靠过来了。你看它一般地披红挂彩，却一丝响动也没有，好生奇怪。”

“是吗？”探春只顾伤心，并未留心，此刻听见侍书一说，方才想起这大船的确一直跟在后头。“这船什么时候起跟着咱们的？”探春疑道。

“好像是在转弯处。”侍书思忖道，“对，就是琏二爷和宝二爷等咱们的地方，之前并不曾看见。”翠墨想了想也说：“是，正是在那儿。”

主仆几人正胡乱猜疑，外头有人禀报："启禀郡主，粤东王使臣求见。"侍书等忙放下珠帘，请探春帘后坐了，这才叫请使臣进来。那使臣进来，身后还跟了一人，一并跟了进来。二人对探春行礼毕，使臣道："启禀郡主，有一事需向郡主禀明：今日小臣除了代我王迎娶郡主外，还替我王同时迎娶了一位侧妃人选傅氏，现在旁边那艘船内。"又示意身后之人道："这位是负责护送傅氏的傅通判。现特来请郡主示下：傅氏欲前来拜见郡主，不知郡主意下如何？"

"下官京机六品通判傅试，见过郡主。"那傅试上前一步行礼道。

探春听了，只觉得天旋地转，脑袋里"嗡嗡"作响，好容易定下神来，强压怒火道："傅通判免礼。"却又忍不住怒道："岂有此理！从来不曾有人对我提起过侧妃一事。"

"郡主息怒。"使臣忙道，"忠顺王爷美意，岂敢轻拂?！"

探春虽在深闺，亦知忠顺王爷与王子腾乃是宿敌，听了使臣之言，顿觉事态严重，哪里还敢以寻常儿女之心揣度此事，当下略稳了稳神，道："既是忠顺王爷美意，自然是该见一见的。就请过来吧。”

不一时，那傅试领了一位盛装丽人到来。探春在帘后瞪大了眼睛仔细察看，两名小鬟扶了那丽人进来。那丽人站定，轻启檀口，道：“民女傅秋芳，见过郡主。”说着话便深深拜了下去。

探春忙叫侍书扶起，见她体态微丰，合中身材，腮凝新荔，鼻腻鹅脂，微垂头颈，颜色形容竟与迎春有几分神似。探春不由得顿生亲近之心，叫翠墨出来道：“郡主说了，请傅姑娘里边说话。”那傅秋芳谢了，由小鬟扶了，侍书领着进去了。探春便问使臣与傅试可还有别事，见皆无事便命退下，这才回内室去见傅秋芳。

二人分宾主坐下。探春有心与傅秋芳亲近，便详加询问傅家情形，奈何傅秋芳因其兄傅试早有交待，故心存戒备，并不敢与探春倾心交谈。探春问了几句，便觉察傅秋芳不肯交心，当下也不便多言，略聊了几句便端茶送客。

傅秋芳回到自己船中，傅试忙问方才里面详情。傅秋芳道：“我看那郡主言辞亲切，全不似二哥所言，并不见什么掐尖要强之态。”

“傻妹子，她若将那强悍写在脸上，叫你一眼便瞧出来，还叫厉害?！”傅试笑道，“她的名声，宁、荣二府谁人不知，哪个不晓？出了名的刺玫瑰。你听我的没错。哥哥难道还害你不成？”又叹息道，“你这一去，与她共侍一夫，不争也争了。切莫把人都往好处想，到头来你自己吃亏。我送你过去，也不能陪你一世，还要回京复命，万事只好你自己用心了。”

傅秋芳听了，忍不住滴下泪来。傅试见了道：“好妹妹，我知道你心里委屈，只是如今眼看着贾府势弱，难得忠顺王爷青睐，选中了你，倘或你在那粤东能得王上宠爱，再生个一儿半女，自然便有了根基。那时能替忠顺王爷做些事便做些，若不能，哥哥我们便来投奔你了，咱们管他什么忠顺王不忠顺王呢！”看她妹子不哭了，便又说道：“这话我同你说了不知多少回了，咱们在京城根基浅薄，我何尝不想将你嫁入豪门，咱们一家子也能得个依傍。只是哥哥我上下运作了这些年了，一无所成，反耽搁了妹子的青春年华。若不趁着如今你尚有几分颜色，再过几年，年老色衰，那才真叫作竹篮打水一场空呢！”

“你既将她说得那样厉害，我方才见她丰神俊逸、超凡脱俗，又正值青春大好年华，我却拿什么去与她相争？”傅秋芳愁道，“且那粤东王后宫，自然也是姬妾如云，我又拿什么同她们相争呢？”

“这个你不需多虑。你与她乃上国所赐，自然与其他姬妾不同，何况有忠顺王爷亲笔书信在此，那粤东王自然也不敢小觑。”傅试道，“你只需盯住那贾探春一人即可。”想了想又笑道，“想要坏她的事其实也不难，咱们手上握着她的七寸呢！”

“什么七寸？”傅秋芳不解道。

“她乃是冒了南安王之女锦云之名代嫁的，只这一条便是她的死穴。你们这一去，她若好便罢，咱们便你好我好大家好，代嫁一事闭口不提；她若不好，便抖落出来，怎么说这也是条欺王骗驾的死罪。且这一件事所牵动的更不知是多大的后患呢！倘或那粤东王一怒之下，起兵反叛亦未可知。”

傅秋芳一听吓得面色惨白。傅试见了笑道：“你也不必害怕成这样，我只是说‘倘或’。倘或那粤东王没那么大的气性，只是觉得受了蒙骗，心下羞愤，上表朝廷求个公允，那南安王、贾府就都得跟着吃瓜落。不过据忠顺王爷推测，皇上定然是对贾探春代嫁之事有所察觉，只不想说破。本来历朝历代皆有代嫁之事，只没有这等擅作主张的。这事捅破了，便是欺君。顺其自然，也无大碍，除了南安王与贾政，相关诸人皆有个退路可寻，所以不说破才是上上策。南安王与贾政因为心怀鬼胎，自然不敢轻举妄动。所以我想忠顺王爷送你在此，也并不指望你能替他老人家办什么正经大事，不过是为着给南安王等人提个醒罢了，免得他与王子腾之争再半路上杀出个程咬金来多事。”

“可是二哥你也曾拜在贾政门下，你也说他待你不薄，如今做出这等事来，竟不怕世人耻笑么？”

“哼，耻笑？”傅试冷笑道，“你哥哥我也是十年寒窗苦熬出来的。仁、义、礼、智、信，哪个我不知?！可是咱们这样的人家，有什么资格将忠孝礼义奉若神明啊！那些在京都大道上耀武扬威的人，他们又有几个是将礼义廉耻放在心上的！又有谁会因为我是个至诚君子便肯倾心助我的？我若在别人眼中没有半点利用价值，便是倒贴上十个妹子也不顶事。所以这事于咱们而言，那忠顺老王拿咱们当颗棋子，咱们自己也便将计就计，好好替自己谋算。说一千道一万，还是回到前头的话上，妹妹你务必要比那贾探春更得宠，早得子，咱们家方能有出头之日。”见他妹子低头不语，便又道：

“你也不用怕她，无论人品长相才学，你也未必就输于她。何况你饭也比她多吃几年，难道竟争不过她一个小毛丫头不成？”

…………

且说侍书见那傅秋芳去后，便对探春道：“这傅姑娘可是那个拜在咱们家老爷门下的傅二爷的妹妹，姑娘可还记得？有一回咱们在老太太跟前说话，她家派了两个妈妈来请安的。”

探春笑道：“想来必是他家。这京城哪里去寻两个通判傅试？当日他常来给老太太请安，凤姐便说他有心将妹子许给宝哥哥，只是年岁相差太多，且又太过穷酸，白费了心思。不过今见了这傅秋芳本人，人倒是真不错，一点也看不出年近三十了，且生得竟与二姐姐有几分仿佛。”

侍书、翠墨皆笑道：“正是呢。姑娘不说我们也没敢说，真真是像极了二姑娘。”提到迎春，几人不免又嗟叹了一番。

次日一早，傅秋芳过来问安。探春问她可用了早饭，答“不曾”。探春便留她同食，傅秋芳不便推辞，便与探春一桌吃了。探春观她言行举止，娴雅可亲，心中暗叹，料她此番远嫁必非本意，亦不过是闺阁女流，身不由己罢了，因此越加亲善。傅秋芳则始终以“郡主”尊称，不敢倾心，探春亦不便多言。然路程遥远，船行无期，旅途寂寞，二人每日往来，日渐稠密，便都将那点子防范之心渐渐地疏了。

探春与傅秋芳一路做伴，倒也不甚无聊。只是船入了海便不那么太平了，波涛汹涌，阴晴无定，探春还好，傅秋芳则晕船晕得厉害，同侍书等人皆吐得抖肠搜肺、目肿筋浮。探春强撑着还照看傅秋芳，那傅秋芳心中自然是感佩不已。一行人直觉得九死一生，终于熬到了目的地。岸上早已是旌旗招展、鼓乐喧天，粤东王所遣使官已在码头久候，接了探春一行，浩浩荡荡往王宫而去。

粤东王先召见了使臣，细问了天朝宫廷内外之事，心中有了底，三日后方于宫内设宴，为送亲使臣等人接风洗尘。宴罢，粤东王自回寝宫安歇。

粤东王令使臣将傅试等使节于驿馆内每日以上宾之礼款待，只不行册封大典。傅试等人心中焦虑，私下里询问使臣。使臣道：“我王乃是长情之人。去岁，先王妃故去时曾立誓三年不娶，此番作为皆系我等为人臣子的不忍见王上孤雁独飞，强逼了王上求娶新妃。诸位莫急，我自会想辄督促此事。”傅试等人哪里等得了三年？况贾探春于南安王府的使节而言并非什么要紧的人，故又住了月余便不肯再等。傅试无奈，只得随众拜别粤东王，登舟而去。傅秋芳在后宫之内免不了洒泪一场，并不能至码头相送。

且说贾探春被安置在坤翊宫内，身边除了侍书与翠墨以及南安王府所赠的几个陪嫁侍女，余者虽皆恭敬有加，却皆因言语不同，难以沟通，故侍从虽多，实则形同虚设。又想傅秋芳处，除了两个陪嫁的丫鬟，也并无亲人，便叫侍书去请傅秋芳来说话解闷。侍书费了九牛二虎之力方才同女侍说明白自己想要做什么，那女侍领了她去到傅秋芳所在宫殿，请了傅秋芳过来。傅秋芳独守深宫，得探春相邀自然喜出望外。二人此番见面，竟皆顿生他乡故知之感。

俩人于是每日相见，聊解寂寞。二人心中皆疑虑那粤东王何以一直不加召见，却又皆不便询问，事已至此，只得顺其自然，随遇而安。好在二人皆是琼闺秀玉，每日谈诗论词，倒也怡然自得，反将那粤东王抛诸脑后，再不想起。

第二十回

漱芳宫傅秋芳承恩
坤翊宫贾探春得宠

殊不知那粤东王本来知她二人乃是两派政敌所遣，后宫佳丽如云，自不必自寻烦恼，故将她二人锦衣玉食供奉着，并不沾边，本欲使她二人于这深宫之中自生自灭，只是每日侍从来报她二人行径，倒是大出粤东王意料之外，反令其兴致陡生。这日午后，天清气朗，粤东王便装闲步至坤翊宫外，见宫墙内竟飘飘荡荡飞起一只蝴蝶飞筝来，隐约听见里头叽叽喳喳说笑之声。粤东王摆手不让众侍从出声，自己悄悄走了进去。一众粤东国使女看见国王，皆慌忙欲行礼，均被粤东王摆手止住。径直走入庭院，却见探春、傅秋芳、侍书、翠墨等人正在空地上边放风筝边说笑，只听探春道："不行，风太小了，飞不高。"

傅秋芳笑道："正是。这个必得风大些，才好借力。”

“这就不错了。”探春笑道，“亏得你自己会做，寻出这么个乐子来。”

“这里东西不全，只好做个蝴蝶的将就了。”傅秋芳笑道，“东西齐备，我最会做凤凰了，我做的软翅凤凰，比他们外头买来的还好。”

“凤凰可不好做，”探春道，“若是做得大一点的，更难。”

“就是。所以做了轻易并不舍得放了，不过玩会子便收了。”傅秋芳道，“只是有一回，新做了一个大的，刚放起来便被一个绞了去，也是只凤凰，后手又来了只门扇大的“喜”字，三个绞在一处，如何收得了?！我紧收慢收却已然绷断了线，眼瞅着三只风筝竟都飞了，真是可惜了！”

“原来那只凤凰竟是你的！”探春脱口道，见傅秋芳不解，便将当日自己放风筝之事说与她听。傅秋芳听了，亦是大呼“竟有此事”！

“你道那个‘喜’字却是谁的？”探春道。

“这却如何知晓?！”傅秋芳道，“难道你竟知道？”

探春点头不语。

傅秋芳急道：“快说与我听，那‘喜’字却是谁的？”

探春笑道：“天机不可泄露，日后自知。”

“我倒也很想知道呢，那‘喜’字风筝是谁的？”粤东王说笑着走了过来。

探春与傅秋芳并未见过国王。“放肆！”探春怒道，“你是何人，如何竟混入这深宫之内?！”旁边女使早跪倒一片，口中高呼“大王”。探春与傅秋芳这才知道来人原来是粤东王，慌忙跪拜。粤东王双手将二人一一扶起，这才细细打量，见探春顾盼生姿、神采不俗，傅秋芳则白腻丰腴、温婉动人，顿时心生欢喜。遂笑道：“那‘喜’字风筝究竟是谁的？竟这样巧，将这样两位美人送到本王面前。”

傅秋芳红着脸，垂了头，侍立不语。探春听了却奇道：“这里的人皆与我们语言不通，如何你竟会说我们的话？”

“本王问你的话你还不曾回答，却反来问本王。”粤东王笑道，“你且告诉本王，那只‘喜’字风筝是谁的？”

探春一时语塞，涨红了脸。粤东王笑道：“怎么，竟有难言之隐？”探春咬了咬嘴唇，扬头道：“可否请大王屏退众人？”

粤东王看她一脸的郑重其事，淡然一笑道：“但说无妨，她们都听不懂。”

探春听说又咬了咬嘴唇，横下一条心来，“扑通”跪在粤东王面前道：“不敢欺瞒王上，我本姓贾，闺名探春。我祖上一品荣国公，我父乃是工部员外郎贾讳政，字存周。当今凤藻宫尚书、贤德妃贾娘娘是我嫡亲长姊。”

“嗯？”粤东王皱眉道，“怎么，你不是南安王府的千金么？”

傅秋芳听了犹如晴天霹雳，吓得大气也不敢出。侍书等人早跟着跪了一地，听了探春之语皆心中叫苦不迭。

“不是。”探春硬着头皮道，“那个‘喜’字风筝便是南安王府的锦云县主所有。”

“锦云县主？”粤东王奇道，“那谁是锦云郡主？”

“锦云郡主乃是当今圣上金口亲封待嫁之女为锦云郡主。”探春一字一句道。

“哈！”粤东王不禁一声冷笑，“这一出调包计唱的，竟将本王蒙在鼓里，哼！”粤东王说罢正欲拂袖离去，转身见傅秋芳瑟瑟发抖立在一旁，那一种婉约别是一种情致。粤东王不禁一笑，道：“你却发什么抖？那欺王骗驾的尚未见害怕，你反吓成这样！”说着伸手携了傅秋芳之手，但觉柔若无骨，不禁心中一动，笑道：“走吧，带本王去你宫中坐坐。”众人拥着粤东王与傅秋芳走了，留下贾探春主仆几人跪在地上，无人问津。

“都起来吧，”探春自己站起身，环顾四周道，“该走的都走了。”侍书等人这才连忙起身，明知周围侍女听不懂说话，也不敢多言，扶了探春回到坤翊宫内室。侍书关了房门才敢说话：“姑娘，不是我多嘴，你这样精明的人，今儿这是撞着什么了呀？好容易今儿王上驾临，你倒好，竟说了那么一番话。这可怎么好呀？”

“说都说了，有什么好怕的？我自己说总好过旁人说出来。”探春道，“王上一时之间不能释怀也属常情。这事说来到底也是件欺王骗驾之事，今日不说，日后更难开口，不如早说早了。”探春沉吟道：“我今日说了，还能辩白说自己闺中女儿，原不知情，到了此处亦是身不由己。若是今日不说，纸终究是包不住火，倘或王上从别处得知实情，那你我才真正是万劫不复呢。”

“只要咱们自己不说，这地方天涯海角的，谁能知道啊?！唉，姑娘你可真是聪明一世，糊涂一时啊！”侍书懊恼道。

“到底你糊涂还是我糊涂呀？”探春见她急的那样，“噗嗤”笑道，“那傅姑娘是忠顺王爷安排来的，你想忠顺王爷会平白放个人来么？即便不是已知实情，终究也有探知实情的那一天。到那时，倘若这话由傅姑娘说与王上，你说会怎样？”

“咱们同傅姑娘一处这些日子，看她也不像那等奸佞小人啊！”侍书皱眉道。

“这天下的奸佞小人若都叫人看出来，谁还会中招呢？”探春笑道，“我自然也不是说傅姑娘便是奸佞小人，只是害人之心不可有，防人之心不可无。何况即便没有傅姑娘，我也早就打算好了，见了王上便据实相告，叫我冒名顶替一辈子，倒不如一头碰死了。不过你也放宽心，王上不会拿我们怎样的，他总得顾着朝中那许多人的面子呢！”

“既是姑娘早便打算好的，那我还说什么呢?！”侍书道，转念又一想，不禁叹息道，“唉，可惜！今日这事，姑娘你常说的那什么相争，渔翁得利的？”

“鹬蚌相争，渔翁得利。”

“正是这话。今日白便宜了那傅秋芳了。”侍书噘嘴道。

“你这都哪儿跟哪儿呀？”探春笑道，“乱用辞典。”

“一点也没乱用。”侍书不服道，“今儿王上明是冲着姑娘来的，却被姑娘自己推出门去了，可不就让傅姑娘白捡了个天大的便宜?！”

“这叫什么便宜？”探春不屑道，“不就是王上到她宫中去了么？”

“啊呀姑娘！”侍书急道，“咱们已经不是在园子里头当小姐的时候了！赵姨奶奶因为什么总敢惹事，难道只是倚仗姑娘同三爷么？不是，是老爷喜欢她！”侍书说完情知失言，吓得自己打嘴不迭：“哎呀，我真是急昏头了！姑娘莫怪。”

“算了，”探春淡淡道，“你说的是实情。我知道你是为我急，咱们待在这儿，只有王上宠爱才是唯一的依靠。我心里有数。”

“是是是，姑娘明白就好。”侍书连连点头，忍不住又道，“姑娘不想旁人，只细想想赵姨奶奶，原本和周姨奶奶一样目不识丁，还不是老爷教了她读书识字，因此上她才总不甘心？实在也难怪她。”

“你去吧，我自己歇会子。”探春淡淡道。

侍书吓得赶紧闭了嘴，悄悄退出。

探春望着侍书的背影，回想她方才所言，心中若有所悟。

次日，有宫人来报，王上封傅秋芳为漱芳娘娘，所居宫殿更名为漱芳宫。侍书等人听了，皆悄悄唉声跌足不已。探春听了则若有所思，半晌，眉头一展，叫侍书快笔墨伺候。侍书心想，必是心烦意乱，要借以安神了，于是闷闷地将笔墨备好。

探春过去，挥毫写了“漱芳宫”三个斗字，叫侍书送去王上的昊阳宫，以表敬贺。侍书满心疑惑，但见探春沉着淡定，只得待墨迹干了，捧了送去昊阳宫。正在门口与侍卫啰嗦不清之际，却见使臣走来。侍书大喜，连忙求助。使臣便替她翻译了，侍卫这才进去通禀，一时出来叫侍书进去。侍书奉上探春所书，王上便命使臣展开，只见笔力遒劲，刚柔并济。

“好字！”使臣情不自禁喝彩道，“露锋处显含蓄，垂露收笔处则戛然而止，似快刀斫削，悬针收笔处又有正有侧，或曲或直，提按分明，牵丝劲挺。”

王上亦不禁点头道：“纵横挥洒，全无闺中女儿之态。”

“恭喜王上！贺喜王上！见字如面，锦云郡主有字如此，想来必是心胸豁达之人。此我王之福，我万民之福！”使臣忙道。其余人等，无论懂与不懂，谁不凑趣奉承?！皆山呼千岁！

彼时粤东王心中也已权衡毕，荣国公后人，贤德妃胞妹，锦云郡主封的是待嫁女，谁嫁自然就是谁。且朝廷封赏一概不差，又何必非南安王之女不可？细细回想昨日情形，反觉此女英姿飒爽，非寻常闺中脂粉可比。当下笑道：“此皆使臣之功啊！来啊，赏！”

当日朝罢，粤东王命将晚宴设于坤翊宫内。等王驾降临时，坤翊宫内外早已张灯结彩，探春亦盛装迎驾。是夜，红烛高照，龙凤呈祥。遂又行册封大典，晓喻四方，封锦云郡主贾探春为粤东王妃，傅秋芳为侧妃。当下万民庆贺，载歌载舞。

枕边私语，探春方知原来粤东王为世子时，曾在京中留做质子，住了几年，故习得京中语言。由是，探春便要学习粤东之语。粤东王大喜，遂亲自教授。探春学业精进，与王之情日浓。此皆后话。

第二十一回

冒死送信贾兰求援
犯险出兵粤东获利

话说那傅秋芳正当盛年，自承圣恩不久便有了身孕。王上大喜，合宫皆庆。探春亦每日一遍亲往探视，殷勤照拂，万般体贴。傅秋芳亦感激不尽。好容易到了分娩之日，谁知胎儿过大，傅秋芳又年岁偏长，以致难产，一尸两命。王上与探春皆悲伤不已，然也只得含悲忍痛将其安葬。从此探春独居深宫，虽有王上宠爱，却依旧是孤寂难耐。

这日，探春又坐了竹轿外出巡游，一则打发时间，再则借机了解些当地的风土民情。道路两侧挤满了观瞻圣容的臣民，有一人竟被人挤了出来，撞到了跟在轿旁的侍书身上。众侍卫大喝一声，叫绑了，送入死牢。探春听说，忙唤侍书近前，道："叫他们不要为难那人。咱们不过是无事闲逛逛罢了，千万不要弄得鸡犬不宁，招人恨。”

侍书去传了探春旨意，侍卫统领近前跪下高声禀道：“回王妃的话，王上有令，惊扰王驾者，死罪。这厮冲撞了王妃，同罪。只是既然王妃亲口恕罪了，那么死罪可免，活罪难逃，必得服苦役半年。”侍书心中恨方才那人撞得轻薄，那一撞竟将手插入自己衣襟之内，现在想想脸上还微微发烫，因此低声劝探春道：“既是王上有令在先，咱们自然不能违令不遵。”

“他也必不是有心为之。”探春从纱帘内向外看了看，“人也确实太多了。”

“就是。他这里也没半点规矩，咱们出来了，也不说清道，也不围障，还有个不乱的！”侍书抱怨道。

“好了，快别抱怨了。”探春笑道，“半年也忒久了。看他那样定是家中壮劳力，倘或已有了家室，关了他，叫他一家老小怎么过活？只关个十天半个月的意思意思罢了，就说王上降罪我自去领。”

侍书无奈，只得又去传了探春口谕，侍卫统领只得应了。那人伏地谢恩，众人皆窃窃私语，称颂不已。探春亦无心再游，命掉头回宫。

早有人将巡游之事报与粤东王。听说探春回宫，粤东王至后宫探望，问：“王妃今日可曾受惊？”

探春忙上前行礼，道：“无碍。多谢大王关怀。”

粤东王扶起探春，左右端详，笑道：“无碍便好。”

探春笑道：“大王请坐，臣妾有样东西送与大王。”遂转身四顾，见侍书不在，便对翠墨道：“你去将里边那双鞋拿来。”翠墨笑嘻嘻进去捧了一双精工细作的鞋出来。探春接了，蹲下身，亲与粤东王穿上，笑道：“大王且请走两步，看是否合适？”粤东王起身来回走了几步，道：“合脚。”

“禀大王，这是王妃亲手做的。”翠墨笑道。

“哦，是吗？”粤东王闻言忙又轮流抬起左右两脚，仔细看了，笑道：“合适，正合适。只是宫中侍从众多，何劳王妃亲自动手？”说着走到探春跟前，将探春两手握于掌中，亲了亲，笑道：“前朝还有事，我因不放心王妃，特过来瞧瞧，晚上再来与王妃共进晚膳。”

“国事为重，大王请自便。”探春忙行礼道。

“本王便穿了这双新鞋议政去了。”粤东王笑着去了。

粤东王前脚刚走，后脚侍书慌里慌张跑了进来，关了房门，取出一张纸递与探春。探春见那纸被揉得极皱，便疑疑惑惑地接了过来，看毕，大惊道："哪里来的？"

"便是方才那人放在我身上的。"侍书红着脸道，"方才我便觉着他并不是被挤推出来，而是故意为之的。果然他是有意的。"

探春忙命人将方才之人传了进来，万没想到，此人竟是贾兰帐前小校，好不容易混入城中，却因言语不通根本无法接近王宫，正欲铤而走险冒死闯宫，却巧遇王妃出巡，只因军情紧急，这才不得已出此下策。探春也听说朝廷近日正在近海一带与茜香国开战，谁知竟是贾兰领兵在此，不禁又惊又喜，又细问了家中情形，方知家中早已翻天覆地。探春等人听了皆泪如雨下，一时也无暇多说，急命侍书去请王上。

一时王上到来，探春含泪跪下，道："若非事情紧急，出于无奈，断不敢烦扰大王。"王上忙双手扶起，道："王妃今天是怎么了？从不曾见你这等模样。有什么话，但说无妨。"探春将贾兰书信奉上，王上看完，惊道："领朝廷水军的贾兰居然是你的侄儿？"

"正是。是我珠大哥的儿子，嫡亲侄儿。"探春道，"务求王上助他一臂之力。"说着挨着王上腿边复跪了下来，双目垂泪：“今日才知我家中早已是家破人亡，如今只有王上是臣妾唯一依靠。求王上好歹看在往日夫妻情分上，相助贾兰，他如今是我贾氏一门唯一的希望了。况他若打胜，定然不会湮没了王上功勋，倘或他将来能更上一层楼，朝中有人于王上也是有百利而无一害呀。毕竟他是臣妾嫡嫡亲亲的侄儿，王上您是他嫡嫡亲亲的姑父呀！我珠大哥早已仙逝，若王上今日出手相助，来日他岂敢不以父事王？”

粤东王听了，心中暗暗思忖：“茜香国女王新逝，新王继位不久，便与朝廷交战，胜算本就不大。自己本欲隔岸观火，如今贾兰求援，正好师出有名。不过是个顺水人情，何况此举一则可邀功于朝廷，二则亦是替自己扫除了一个隐患，三则可取悦于王妃，况自己不过是作为侧翼打个偷袭而已，何乐而不为？”当下双手扶起探春，道：“王妃快快请起，你我夫妻，休戚与共，如今侄儿领兵至此，我岂能作壁上观?！”当下命那小校进来，细细问了军中详情。他听罢沉吟片刻，命传几名军机大臣进来，探春避入内室。

良久，粤东王入内，见探春正在屋内来回踱步，忐忑不安，不禁微微一笑。探春看见粤东王进来，忙迎上前。不待探春开口，粤东王便笑道："来，这就写封回信与侄儿如何？我说，你写。"探春大喜。侍书连忙伺候笔墨。

一时，书信写就，宣了那小校进来，将回信交与他。探春又隔帘叮嘱了几句，这才叫侍书送他出去。出了宫门，小校悄声道："今日之事得罪姐姐了，我这就给姐姐赔个不是。"说着唱了个大喏，"事情紧急，请姐姐莫怪。"

"谁是你姐姐？"侍书红了脸道。

"姐姐竟是一点也记不得我了？"小校笑道，"我是从前兰哥儿跟前的小四啊！"

"小四？"侍书疑惑道，想了半天也没想起是谁，不禁笑道："屁大点小人儿，谁记得你是什么小四小五的！"

"姐姐不记得我，我却是记得姐姐的。"小四笑道，"今儿在街上，我一眼便认出姐姐了。和从前一点儿没变，还是那么好看！"

"小猴崽子，油嘴滑舌。"侍书笑道，"还不快走！千军万马都等着你手头这封信呢！"

"是是是。"小四忙道，"姐姐放心，误不了正事。"

说着告辞离去，边走边回头小声叫道："姐姐别忘了，我叫小四！"

侍书笑着看他出了门，忽想起白日里他突然将手伸进自己衣襟内，不禁脸上一热，独自发了会呆，回去复命不提。

如今且说贾兰得了探春回书，大喜，当即按照粤东王信中所说，排兵布阵，大败茜香国水军。与粤东国水军合二为一,一鼓作气，直捣茜香国国都。贾兰一行弃舟上马，来到城门前。这茜香国新任国王乃是女王幼子，年少气盛，为奸臣蛊惑，一时糊涂，犯下这弥天大错，此刻懊悔不及，听说天朝兵马到此，早吓得率领众臣俯伏于城外迎接。

贾兰少年得志，踌躇志满，不免面露骄矜之色，远远看见茜香国君臣俯伏在地，越发将头颅高高昂起，心中早打算好了，由他们跪去，自己只管骑马前行，方显我天朝威风。

不料，粤东王看见茜香国国王跪在前方，早已滚鞍下马，快步走了过去，单膝跪下道："贤侄，我与女王交好多年，今日贤侄犯此大错，我亦有过啊！他日泉下相见，当真是愧对女王啊！"茜香国小王闻言越发羞愧难当，磕头道：“侄儿一时糊涂，铸成大错，还望伯父美言。”那茜香国众臣原本心中有怨恨粤东王的，到了此时，哪里还敢做他想？皆随国王叩头顿首，口中高呼：“请大王美言！”

贾兰一见，顿时想起临行前二叔贾琏所言“你在军中根基不牢，切记‘谦逊’二字。这千军万马之中，谁知道有几人真心服你？又有几人存心寻你的过子？”耳畔不禁又回想起神武大将军冯紫英时常挂在嘴边的话：“胜不骄，败不馁，方是为将之道。”想到此处，不由得心中一凛，忙滚鞍下马，快步走到粤东王跟前，双手扶起粤东王，笑道：“大王何过之有?！今日助我平叛，乃是第一功臣，兰回朝自当上表朝廷，为大王请功。”

“请功一说，万万不敢当。”粤东王道，“将军有所不知，我与茜香国先女王乃是至交，她子便如我子一般。如今新王年少，轻信谗言，我岂能无过？今助朝廷平叛，一则是圣命难违，再则亦是不忍见新王错上加错，倘为邀功而来，天地不容。”

茜香国君臣听了，越发感激涕零。

“不知贤侄是受了什么人的蛊惑，才犯下这等大错？”粤东王道。话音刚落，早有人将一五花大绑之人推了出来。那人早已吓得浑身筛糠，抖做一团。

“还请将军示下。”粤东王对贾兰行礼道。

贾兰一手按佩剑，一手扶起茜香王，说道：“茜香王且请起，此等大罪，恕与不恕，末将岂敢擅专？还是与我同回神京，请圣上裁夺。”

“这是自然。”粤东王点头道，“将军先请进城歇息，也容三军休整。”

贾兰点点头，重新上马，挥了挥手，大军入城。

晚宴之上，贾兰请粤东王上坐，自己重整衣冠，行子侄之礼。众将这才知晓，原来粤东王如此出力，皆因王妃乃是贾兰嫡亲姑母，从此心中再不敢小觑贾兰。昔日王子腾、史鼎、史鼐等人的军中旧部更是欢喜不已。

数日后，贾兰将茜香国暂交与粤东王代管，自己率众押了茜香王等班师回朝。

捷报传至朝堂，圣心大悦，又细看了贾兰奏本，见其文笔流畅、言简意赅，便问他奏本是何人所写。贾兰恐慌，怕文中有不妥之处，只得硬着头皮答实是自己所写。谁知圣上听了更喜，大赞：“后生可畏”！又赞他巧用外援，“来日可堪一用”。

原本贾探春代嫁一事乃是件心照不宣的秘事，经此一事，圣上闭口不提代嫁之事，却于朝堂之上对南安王之义女、贾兰姑母锦云郡主贾探春大加赞许，赏了珍宝无数，遣使送达。钦差又传旨意，将茜香国北部三洲的十年赋税作为嘉奖赐予粤东国。粤东王大喜，遣使入朝叩谢天恩，又具表请奏：“欲携王妃入朝，拜谢天恩。”圣上准奏，粤东王与王妃贾探春叩谢圣恩，预备进京不提。

且说南安王爷听说贾探春立了奇功，自是喜出望外，忙设家宴邀贾兰与贾琏等相聚。是日，贾琏、贾兰、贾蔷、贾芸等人骏马华服前来赴宴。长史官于大门外迎了众人入内，引至正厅。众人尚未坐定，南安王便从内堂笑着迎了出来，众人忙上前跪拜行礼。

“都是自家骨肉，不必行此大礼，反倒生分了。”南安王笑道，“快快请起，都请坐。”又逐一打量了贾芸、贾蔷、贾兰几人，对贾琏笑道：“好，好啊，都是少年才俊！”贾琏忙赔笑道：“王爷谬赞，几个粗鄙小儿罢了。”

“哎！紫薇舍人不必过谦。”南安王摆手道，“如今兰哥儿平叛有功，圣上于朝堂之上却未加封赏，分明是有心重用，却因朝中众口不一，故举棋不定。”说着微微一笑，放低了声音道，“我听说北静王爷此刻进宫陪圣上对弈去了。”

贾琏等人听了皆心中暗喜，却也不便多言，只好点头不语。

南安王笑道：“唉，政公若在，见尔等如今皆这般出息，何等高兴啊！”听他提到贾政，众皆黯然神伤。“不过存周泉下有知，也该含笑了。”南安王点头叹息，转又笑道，“果然当年老太妃目光如炬，慧眼识珠，一眼便相中王妃丰神俊逸，与众不同。如今果然是巾帼不让须眉，为国立下奇功。”

众人听了，面上皆绽出笑容。贾琏笑道：“王妃出嫁前曾于王爷府上小住，得与太妃、王爷等亲近，得承教诲，自是受益匪浅，不然岂能有今日成就?！”众皆附和。贾琏又道：“今日正该拜见太妃，以表谢意。”

“这倒是。”南安王笑道，“老太妃也正要见见你们呢。”说着起身，亲领贾琏等人去见太妃。贾琏等见了太妃，行过礼，将礼物奉上，都是些精巧的珠宝佩饰。太妃看了笑道：“我这把年纪，哪里用得着这些？白糟践了东西。”那贾琏、贾蔷皆是惯会哄女人高兴的，三言两语便哄得太妃笑得合不拢嘴，笑道：“我却也有些小东西给你们哥儿几个做个见面礼。琏二爷便没了，你已然是个大人了。”

贾琏连声笑道：“那是那是。”

“来呀，你们去把前些日子他们送来的那几把扇子取四把来，”南安太妃道，“给他们几个一人一把。”

“太妃，是三个人。”侍女小声道，“您是要三把吧？”

“糊涂东西，以为我老糊涂了吧？”太妃笑道，“自然是四把。还有一把给琏二爷，我方才不过是逗他玩儿的。在我跟前，他一辈子也不能叫个大人。我同他祖母乃是姐妹。”众人听了皆笑道：“竟是我们都糊涂了，叫太妃给戏弄了。”太妃听了越发高兴。

南安王凑趣道：“太妃何偏心若此，独儿子没有？”

“不是你叫他们送与我的吗？我还给你做什么？”太妃笑道，“我年轻时候喜欢这些玩意儿，如今老了，便全都不放在心上了。只看见你们年轻人精精神神地站在我面前，便是最好不过了。”正说着侍女取了扇子来。太妃一看，共计五把，笑道：“你这丫头倒也机灵，既是已取了来，便也赏你一把吧。”说着随手拿起一把递与南安王。

南安王接了笑道："谢太妃赏！"

贾琏等人也接过扇子，谢赏。贾琏随手打开，心内一惊，又仔细看了，乃是一把玉竹扇骨，扇面所书乃米襄阳真迹，分明是当年那石呆子所有。今日竟在此处重见，真恍若隔世。贾蔷、贾芸、贾兰亦打开扇子看了，皆称赞不迭，连声称谢。贾琏亦收了扇子称谢。

太妃笑道："难得你们年纪轻轻，倒也识货，毕竟是咱们世家的子弟。"又问了贾蔷、贾芸、贾兰几岁了，都是贾家哪一支上的。说了会子家常，有人来报：筵席俱备，可否开席？贾琏等人这才辞了太妃，随南安王往前厅用膳不提。

第二十二回

南安王府谋取佳婿
北静王府招募贤良

次日朝堂，圣上亲封贾兰为三品镇海将军，又将之前查抄的忠顺王府，亦即从前的宁国府赐予贾兰，其母李氏忠孝节烈亦封了诰命夫人。无奈李氏此时已是病入膏肓，修整将军府之事自然由贾琏承担不提。

如今只说那南安太妃自见过贾琏一行之后，便暗暗有了件心事，私下里揣度了数日，到底难解，只得将南安王与王妃唤至跟前，道：“我有一事甚是为难，自己一个人想了这些日子，终究无解，到底还需你二人拿个主张。”南安王与王妃听了忙问端的。太妃道：“那日你请了贾家的几个哥儿来家宴，我瞅着那蔷哥儿真是不错，又是他们宁府的正派元孙，父母又早亡。”南安王与王妃听了皆一脸茫然道：“他却与咱们有什么瓜葛，太妃竟为他思虑些什么呢？”

“唉，”南安太妃叹了口气，“咱们锦云也不小了，再舍不得，终究是要嫁人的。”

“不妥不妥。”南安王一听连连摆手道，“那贾蔷一无所有，不过空有一副好皮囊罢了，文不能治国，武不能安邦。”

“那兰哥儿却好，能治国安邦，只是且不说年岁与咱们锦云不甚般配，只说他乃是员武将，来日必是要常年驻守边关方能累积军功，那时却叫咱们锦云情何以堪？”南安太妃没好气道。

“咱们做什么非要将眼睛盯着他们贾家呢?！”南安王道，“天下才俊无数，我女儿想嫁，嫁给谁不行?！”

“哼！”南安太妃不快道，“便是同你父亲当年一样，莽夫！天下才俊无数，不错，可是咱们一心想将锦云留在身边，便只有一条路可走，招赘。世家子弟，谁肯入赘？若是新登科及第的暴发户，终其一生也难脱了穷酸样。没见当年那贾化吗？四处钻营，再咬文嚼字，遍京城又有谁真心看得起他？再有那个小通判傅试，就差将自己的妹子画影图形贴于十字街头了。这些人，倒是有些文采，可是你能容他们么？”太妃见南安王夫妇皆低头无语，便又说道：“所以你们细想想我的话，那贾蔷咱们是都见过的，长相、见识、言谈举止都是上上层的。他家如今虽有些重起的迹象，到底尚不曾鼎盛起来，他又父母双亡，岂不是招赘为婿的最佳人选？至于他如今有什么没什么，打什么紧的?！日后咱们想给他什么不就是什么嘛！”说着叹了口气道，“咱们锦云可真是拖不起啦！我像她这么大，你都跟着你父亲一同去军中历练啦！况且，锦云这脾性，难道咱们自家还不知么？任性、天真，心里一点成算没有，嫁到谁家都难行。我看那蔷哥儿的脾性甚好，此事若真成了，是咱们锦云之福，也是你夫妇之福。锦云若过得不好，你二人也不得清静。”

王妃点头道：“太妃所虑极是。只是叫人入赘，那贾家能答应么？”

“他凭什么不答应？”南安王道。

“啊呀，”太妃摆手道，“这事可强求不得，关系着锦云一辈子呢，须两厢情愿才好。”又说：“这先不说，便是他们家愿意了，尚有一事难理顺。”

“何事？”南安王夫妇道。

“那贾探春是你二人的义女，是那蔷哥儿的姑母，他与锦云，这不是乱伦吗？”太妃为难道。

“嗨，”南安王道，“咱们与他家何尝有半点血缘瓜葛？却怕这个做什么？”

“说是这样说，”太妃笑道，“好在他家太夫人并政哥夫妇都没了，也便只好各论各的了。”

“咱们这儿想通了，还不知锦云的心意呢。”王妃笑道，“况此事叫谁去说呢？”

“正是。咱们这儿操碎了心，倘或锦云心不甘情不愿的，岂不是白忙了？”太妃笑道，转令侍女将锦云唤来，对她说了此事。锦云与贾蔷家宴之时曾出来见过一面，如今听说是他，心下早已肯了，于是面上一红，垂首道：“这样大事，自然是老祖宗与父王、母妃做主。”太妃等人一见，皆相视而笑，这般情形，从未有过，自然是愿意了。王妃道：“既然如此，此事却叫谁去说妥呢？”锦云见他们细聊此事，便起身告退出去了。

“咱们的锦云的确是长大了！”太妃见锦云含羞，不禁笑道，望着锦云的背影又叹息道：“是啊，此事倘叫官媒婆去说，万一不成或有别样说法，岂不尴尬？”

“怎么会不成呢？”南安王话犹未了，被太妃摆手打断说：“别的犹可，只入赘这一条。他家也是累世的公侯，如今又眼见着有重起之象，那蔷哥儿又是宁府的嫡系，这点脸面还是要顾的。官媒婆去不妥。”

“叫我说是太妃多虑了。”南安王道，“小小一个贾兰，这才哪儿到哪儿？况又与贾蔷何干？难不成我南安王府还辱没了他不成？”

“咱们这是婚嫁，不是行军打仗，”太妃道，“不拼胳膊粗细、拳头大小。”

南安王与王妃听了，皆笑了起来。南安王道：“母亲既是有此顾虑，我倒想起一个人来。他去一说，此事必成。”

“谁？”太妃与王妃异口同声问道。

南安王微笑道：“北静王爷水溶。”

“哎呀，”太妃拍手笑道，“说的是！他若出面，断没有不成的理。”

“那王爷何不尽早去与北静王爷商量此事？”王妃笑道。

南安王咂了咂嘴道：“只是此时却不妥。”

“为何？”王妃道。

太妃亦奇道：“是啊，因为什么呢？”

“近日真真国与我朝边贸时有纷争，皇上不胜烦恼，有心出兵教训一下，只是西北正在开战，故众臣皆以为西面沿海此时断不可再有战事。北静王自请出使真真国，打算不动刀兵平复此乱，皇上已准。眼下正广招天下会说那真真国语言的能人志士一同出使呢。你们说，此刻去同他说这样的事，妥吗？”

太妃与王妃听了皆频频点头道：“着实不妥。”太妃道：“最好是北静王爷能马到成功，否则咱们的锦海可就又有得忙了。如今西北正乱着，万一朝廷要调西南的兵呢？唉，我替你父王提心吊胆了一辈子，如今又替我这大孙子整日地提溜着一颗心。”

…………

不说南安王府将锦云县主的亲事暂且搁下，只说贾琏等人忙着修整将军府。这日贾琏与贾蔷、贾芸等人正在书房议事，有人来报：“二爷，外头有个薛爷求见。”说着将拜帖奉上。贾琏接过一看，原来是薛虬，忙说：“快快有请。”转头对贾蔷、贾芸道：“薛虬来了。他这时候进京却不知为着何事？”贾蔷、贾芸亦猜不出究竟。

说话间，薛虬同着一个身披一领白色大氅之人一起走了进来。贾琏一见那人，惊得拿手指着，嘴张了半天竟没说出话来。薛虬笑道：“没想到吧？”

那人拱手笑道：“二爷，别来无恙？”

“啊呀！”贾琏这才啊呀一声惊呼出来，“都传你随了一个跛足的道士出家去了，缘何却在这里出现？又怎会同薛二爷一处啊？”

原来那人竟是柳湘莲。柳湘莲闻言笑而不答，薛虬笑道：“此事说来话长。”贾琏道：“快快请坐，细细说与我听。”贾蔷、贾芸这才上来行礼。众人厮见毕，方告了座。

原来薛虬在扬州看见邸报上刊了朝廷正广招会说真真语之人，自己少年时期曾随父在西海沿子经商，因听那真真国的话甚是有趣，便想学了玩。他父亲心想他若学会了，却也于经商有利，因此便重金聘了个真真国的先生教了他几年。后因他父亲病逝，母亲又得了痰疾，便也就辞了先生不再学了。如今听说朝廷招募人才随北静王出使，可巧梅公子也已病逝，薛虬与梅家商议，因梅公子体弱，本来只说是养个一年半载自然痊愈，谁知竟是一病至死，故如今薛虬携了家眷同他妹子一同来京。贾琏听到此处，方知薛虬是携了女眷同来的，忙道：“啊呀，怎的现在才说？却叫女眷在外守候，如何了得?!”转头吩咐小厮道，“快去告诉二奶奶，赶紧安排接进去。”

“不必不必，多谢二爷了。”薛虬笑道，“她们都已在客栈安顿好了，我俩特来见见几位爷的。”

“岂有此理！”贾琏道，“我在京城，岂能叫你们去住客栈？况还携了女眷。”转脸对贾芸道：“快快快，快去接了薛二姑娘来。邢大妹妹应该也来了吧？”

“是，”薛虬点头道，“阖家都来了。”

“你说你，你这是故意的吧？”贾琏不快道，“故意要叫我费这个事。”

“岂敢岂敢，”薛虬赔笑道，“实在是怕打扰了二爷。”

“一家人说两家话。”贾琏道，“芸哥儿、蔷哥儿，你们快接去。”又对柳湘莲道：“连同柳二爷的行李一并取来，若不在我这里歇下，我是必不饶的。”

柳湘莲与薛虬对视了一眼，皆笑道：“如此便恭敬不如从命了。”薛虬便告知贾芸、贾蔷客栈名称，他二人自去客栈接了邢岫烟与薛宝琴，送入内宅。里头平儿早已安排收拾好客房相待不提。

这里贾琏方始细问柳湘莲这几年行踪，柳湘莲却不愿提及往事。贾琏知他秉性，见他不说便也不再追问，遂改问他与薛虬是如何在一处的。薛虬道："说来也巧，我携了家眷赴京，路上竟遇着一伙强盗，劫了财还欲抢人，我还险些丢了性命。多亏柳二哥如同天降，三拳两脚赶走强人，夺回财物，救了我等性命。听我说欲投北静王府为国效力，便一路护送至此。"

"对啊！柳二爷这般好身手，何不也去投了北静王爷？跟着一同出使真真国，也好借机立身扬名。"贾琏道，"二弟若有意，我倒愿意为你引见引见。"又笑道："你二人一文一武，那北静王爷最是爱才，此一去，说不定便是你二人光宗耀祖的大好时机呢！"

"多谢兄长美意，"柳湘莲笑道，"只是小弟志不在此。若要走北静王爷门路，又何必等到今日！也真是天意，那日发送完姑母灵柩，原打算往姑苏方向去的，不想竟半路遇上一伙贼人意图谋财害命，出手时并不知竟是薛二弟一家。"

"若非柳二哥，薛虬等此时早已不知魂归何处了。"薛虬道，"还得给二哥再作个揖。"说着便欲起身。柳湘莲伸手按住，笑道："我与你哥哥薛蟠也曾结了生死弟兄，二弟若再提此事，我便走了，耳不听心不烦。"

"二郎说得出可真做得出，"贾琏笑道，"我可知道他。”

几人又说了会子话，里头传话说饭已备齐，贾琏起身请薛虬与柳湘莲入内。平儿在厅内摆了两桌，中间隔了扇屏风。

贾琏笑道：“如今不比从前，一切从简。等那边将军府收拾好了，就又宽敞了。”

薛虬、柳湘莲皆说：“这样最好。”二人先拜见了平儿，邢岫烟、薛宝琴亦拜见了贾琏，这才落了座。贾琏在外一桌上居中，柳湘莲面西，薛虬面东，贾芸、贾蔷在下相陪。一时开席，邢岫烟与薛宝琴又出来给柳湘莲敬酒，谢救命之恩。柳湘莲一见，慌忙起身，连饮两杯，还礼不迭。

第二十三回

马到功成薛虬获封
相见恨晚水溶得契

次日，贾琏亲陪薛虬去北静王府送拜帖。北静王见了，忙叫请进来，见了薛虬，先便有几分欢喜，又试了才能，大喜过望，当即便定为随行贴身通事官，叫明日便先来王府熟悉各式公文与礼仪，又叙了几句，方让他们离去。薛虬、贾琏回到家一说，众人皆十分欢喜。

却说柳湘莲闲来无事，贾蔷自请陪他四处逛逛。那贾蔷亦是性情中人，素来也有些痴性，与柳湘莲逛了几日，二人竟是日益投缘。这日晚饭时，柳湘莲便欲告辞，贾琏、薛虬苦苦挽留。薛虬道："眼见着弟便要远行，好歹求二哥在此稍候，待弟回来再走不迟。"贾琏也说："如今故人十去八九，好容易又见了面，何必急着要走？不如等那边东府里整饬完了，搭个戏台，让你上去玩两场，再走不迟。"贾蔷听说，忙道："是啊，柳二叔从前串的柳梦梅，到如今尚记忆犹新。千万等咱们的戏台子搭好了，玩两场再走。”

“那都是小时候干的营生了，”柳湘莲笑道，“还提它做什么？”

“唉，我也学了两出戏，正想与柳二叔对上一对呢。”贾蔷笑道，“《惊梦》《寻梦》，如何？”

柳湘莲想了想，笑道：“好吧，我便等你们的戏台子搭好了，玩两场再走。”

众皆笑道：“到底还是蔷哥儿知道柳二爷的心思。”

几人正说着话，小厮来报：“蒋大爷来访。”贾琏忙叫请进来。说话间，蒋玉菡披着一领大红披风走了进来，一眼看见柳湘莲，脱口叫道：“啊呀，二郎！敢不是我做梦么？你怎么在这里？”说着大步上前握了柳湘莲的手。柳湘莲笑道：“我怎么就不能在这里？”

“且坐下说话。”贾琏笑道。

几人行礼坐下，薛虬便说了柳湘莲相救之事，众人不免又感慨几句。蒋玉菡见柳湘莲不愿说从前出家之事，便也不追问，笑道：“我昨儿还想着要去秦钟坟上看看，可巧今儿便遇着你了，不如明日一同去看看吧？”柳湘莲笑道：“我也正有此意呢。”二人聊到秦钟，便不免提起宝玉来。蒋玉菡叹息道："可叹他那样一个聪明人，竟糊里糊涂地一句话也没留下便出家去了。我恨不得下江南寻他去，说不定机缘巧合便遇着了。"

"难道不留话的便是糊涂不成？"柳湘莲冷笑道，"正是你这样成日里在家的，方有这样的糊涂念头。若真有未了之缘，自然会于那意想不到之处；若无缘，纵访遍万水千山也难觅一丝踪影。"

"正是这话。"薛虬道，"谁承想我竟与柳二哥重逢于生死关头呢！"

众人听了皆点头称"是"。当日，尽兴方散。次日，柳湘莲与蒋玉菡自去秦钟坟上不提。

且说那薛虬随同北静王出使真真国，凯旋而归。不战而屈人之兵，圣心大悦，满朝皆喜。北静王在殿上将薛虬好一番夸赞，圣上大喜，当即宣上殿来，一见薛虬人物风流，更加欣喜，当即点为翰林，赐进士出身。薛虬伏地跪拜，三呼万岁。余者亦皆有封赏。圣上又笑对北静王道："爱卿三寸之舌胜过百万雄兵，如此奇功，却叫朕赏你什么好呢？"

"为国效力，为皇上分忧，本就是为人臣子分内之责。幸不辱命，何功之有？”北静王躬身道。

“宁荣街上那个宅子如今正好空着，便赏你吧。如何？”圣上笑道。北静王知道圣上说的乃是从前荣国府的宅院，后曾赐予周贵妃娘家，因忠顺王倒台后周贵妃在宫中使巫蛊之术被查实，周氏一门悉被查抄，那宅子因此便又空了出来。北静王心中并不想要，但圣命难违，当下跪谢道：“水溶谢主隆恩！”

水溶回到王府，将圣意告知太妃。太妃叹息道：“唉，千年的房子，八百个主。咱们也用它不着，便好生放着吧。倒是今日南安太妃巴巴的来看我，同我说笑了半日，才走。唉，都老了，就盼着有人来热闹热闹。”

“不老！”水溶笑道，“老祖宗长命百岁呢！”想了想又说：“今儿水木他们几个正撺掇着想叫个外头的戏班子来唱两天戏，庆贺庆贺此次出使马到功成呢。我原本嫌闹腾，不让他们弄，既是老祖宗想要热闹，那还不容易？！咱们便唱两天戏如何？家里那个小戏班子想必老祖宗早就听腻了，这回咱们请外头的如何？”

“好啊！”太妃听了，先是高兴，转又不快道，“好是好，只是如今外头的也没听说有什么好角儿了。

倒是从前常来的那个小琪官儿是真不错，戏也好，人也好。”

“老祖宗果然品位不凡。”水溶笑道，“这二年的确还不曾见有超越他的人。只是他如今成家立业了，早已不唱戏了。”见太妃“哦”了一声面露失望之状，便又笑道：“既是老祖宗牵挂他，我便叫人去请他来，只怕他未必在家，兴许出门做买卖去了。我这就叫人去他家寻寻看。”

水溶于是叫人去紫檀堡试试看，不想蒋玉菡竟不曾出远门，见是北静王相邀，不敢迟疑，立马便跟着使者来到王府。水溶瞧他风采依旧，十分高兴，笑道：“我只说你做了这些日子的铜商，必是早已粗鄙不堪了，不想竟还是这等玉树临风。”

“王爷谬赞，惭愧惭愧。”蒋玉菡赔笑道，“商贾之流，奔波劳碌，粗鄙是早晚的事。”因又笑道：“可巧近日在家，闻听得王爷出访真真国，以一人之力胜百万雄兵，真真是佩服得五体投地啊！”

北静王摆手道：“这些话留给外头那些人说去吧，你我之间说这些做什么。”

“实在是真心钦佩，忍不住便说出口了。”蒋玉菡笑道，“不知王爷传唤有何吩咐？”

“我这事倒真是有些强人所难呢。”北静王笑道。

“王爷只管吩咐，小人能有今日，全托了王爷之福。只要是小人能做到的，必万死不辞。”

“那倒也到不了要人命的份上。”北静王笑道，“只因太妃对你的戏念念不忘，我却知道你不唱几年了，班子也早已散尽了。”不等北静王说完，蒋玉菡便笑道：“若是旁人，我是再不唱的了，太妃想听，怎敢推却？只是一来，我许久不唱，恐污了太妃清听，二来正如王爷所知，班子散了这许久了，一时之间哪里去配？”

“污不污清听的，你倒也不必自谦。”北静王道，“至于你说的这班子，你看这样可好？我府上也有个小戏班子，你也是知道的，你挑个大梁，他们与你跑个龙套如何？不过是唱一两出你素日拿手的，哄太妃高兴罢了。我也不叫外人来，只自己家里人乐呵两天。可好？”

蒋玉菡听他这样说，也不好再十分推托，当下便应允下来。北静王高兴，留他便饭，二人席间不免还是聊到出访之事，北静王便提起薛虬。蒋玉菡灵机一动，道：“王爷说薛二爷，我倒想起一个人来，若得此人相助，这台戏必是锦上添花。”

“哦，”北静王奇道，“什么人能得你在戏上如此推崇？”

蒋玉菡于是将柳湘莲其人细细道来：“他原也是个世家子弟，只是父母早丧，失了管束，于是赌博吃酒，以至眠花宿柳，无所不为，但他却又素性爽侠，不拘细事，酷好耍枪舞剑、吹笛弹筝，因他年纪不大，又生得美艳，当年江湖上都称他玉面柳二郎。又因他素日最是冷面冷心，差不多的人，他皆没情没义，故又有人叫他冷面柳二郎。”又说了他与薛虬兄弟之事并同宝玉之谊。北静王听了不禁惋惜道：“啊呀，竟有这等风流人物，你们竟都对我只字未提！”

蒋玉菡道：“王爷恕罪。只因此人脾气秉性实在是与众不同，虽是个落魄的世家子弟，却是心高气傲，合了他的眼，肯为你两肋插刀；不合他的眼，想同他说句话也难。为人又十分落拓不羁，萍踪浪迹，居无定所，如何敢随意向王爷引见！”

“听你如此说来，我竟是未见其人，倒先有几分欢喜了。”北静王笑道，“既如此，何不约来一见？”

“王爷相招，他自然是不敢不从，只是此人实在是与众不同，若勉强唤来，恐扫了王爷雅兴，所以请王爷且莫心急，待我明日先去知会他一声可否？”

“也好。”北静王略一思忖又道，“我却知道他这样的人，越是家世没落，越比旁人更十分的要面子。这也是他为何中意的便愿为其两肋插刀，不中意的便不搭理。只因他所谓的中意，实则是他心里觉着那人心里十分地看重他，他便情愿供其驱使。他此等做派，实则不过是慕古人风骨，所谓‘士为知己者死’吧。所以他才同宝玉相近，实在是因为宝玉待他，一片赤诚，故才相契。”

蒋玉菡听了连连点头道：“王爷这一说，想想可真是明白了。我素日只说他对我青眼有加，自以为是自己与众不同，实则竟不知，是我自己心里头先便敬他三分，想必他自然也是体会到了，所以才一般待我。”

“正是此理。”北静王点头笑道，“如今本王既有心结交与他，又何妨先便给他下个帖子，叫他心悦……”

“而后臣服。”蒋玉菡忙接口道。北静王微笑不语。蒋玉菡又道：“王爷贤名远播，如今又肯礼待与他，即便他不欣喜若狂，也必志满意足。”

“却也未必。”北静王摇头道，“来便最好，不来本王心意已到，由他去吧。”

次日一早，蒋玉菡便携了北静王的名帖来见柳湘莲。贾芸等人皆羡慕不已，柳湘莲却问：“北静王爷这是单为一出戏来邀我么？我可不是唱戏的。”

“都怨我不会说话。”蒋玉菡赔笑道，“何尝是为了一两出戏？虽说提到你皆是因为说到戏。王爷若只为了戏，又何必邀你相见？只等开场了看便是了。何况这两出戏，本不图别的，只因王爷至孝，想要取悦老太妃，所以才想出这法子。单只家里人，邀了我去唱一两出从前熟悉的，哄老太妃一乐而已，并没有什么外人。是我因为班子散了许久，急切之间无人可觅，这才想起你来。王爷因听我说了你从前许多事迹，便说：‘我竟是未见其人，倒先有几分欢喜了。’这可是王爷原话。又说你并非秉性乖张，实则是慕古人风骨，乃是心怀‘士为知己者死’之志，旁人不懂你，才觉得你行事怪诞。”

柳湘莲听了，心想：“不料这北静王竟是知我之人。”嘴上却笑道：“可见你是同他说我秉性乖张、行事怪诞了。”蒋玉菡见他笑了，知道已是肯了，便也笑道：“你只说可委屈了你不曾？”

“不曾，”柳湘莲笑道，“确是句句属实。”

当日午后，蒋玉菡携柳湘莲来到北静王府。北静王看那柳湘莲头上只用素白缎带束发，身穿素白箭袖，腰系一条白玉带，外罩一件素白大氅，腰间悬着一把佩剑，剑柄上亦是素白的丝穗，当真是飘逸恍若世外仙，不染半点烟火气。柳湘莲行礼毕，北静王忙叫看座、上茶。柳湘莲看那北静王，也穿了一身素白便服，戴着束发银冠，勒着二龙戏珠抹额，面如美玉、目似朗星，真好秀丽人物。

“玉面柳二郎，果然名不虚传，”北静王笑道，“当真是玉树临风，翩然若仙。”

“王爷谬赞，惭愧！”柳湘莲起身拱手道，“江湖浪荡子，有污王爷清听。”

“二郎坐下说话。”北静王笑道，“闻得二郎行事纵情任意，如闲云野鹤，小王心甚向往啊！”

“岂敢岂敢！”柳湘莲忙又起身拱手答话。

“快快坐下说话。”北静王道，“若如此拘礼，我竟也不必单独邀你来此了。我这里虽然寒微，却多蒙海上众名士另垂青目，是以也颇有些高人在内。二郎若有兴，不妨常来谈会谈会，也不算辱没了二郎风雅。”

柳湘莲闻言慌忙站起来躬身道："王爷言重了！柳二惶恐。"

"……"

三人越聊越投机，北静王一眼瞥见柳湘莲所佩宝剑，因笑道："闻听二郎文武双全，不知小王可有此眼福一睹二郎英姿？"柳湘莲起身笑道："这有何难？只是此处却难腾挪。"北静王笑道："出去便是。"

三人来至庭院，柳湘莲拱手道："献丑。"遂跃入当庭，庭内有株硕壮的大树，眼下正是花满枝头之季，那满树的花枝累累坠坠，层层叠叠。柳湘莲见了，不禁赞道："好俊的花！却是不曾见过。"北静王笑道："这叫作樱花，乃是外来的种，当年倭国所供。"当下柳湘莲便于樱花树下舞弄起来。

北静王待他收势，击掌赞道："好！耀如羿射九日落，矫如群帝骖龙翔。来如雷霆收震怒，罢如江海凝清光。好！"

蒋玉菡亦笑道："昔有佳人公孙氏，一舞剑器动四方。今有玉面柳二郎，一舞剑器惊八方。"

"献丑献丑，花拳绣腿罢了！王爷过誉，蒋兄过誉。实在惭愧！"柳湘莲忙笑道。

那北静王爷素来爱才，如今又见柳湘莲非但长相俊美，且又文武兼备，不禁喜道："我听琪官说，二郎还喜串戏，我竟想不出这世上可有什么是你不会的了！"

"哎，只因早失家严，无人管束，这才荒废了多少时光，尽学了些无用之事。叫王爷见笑了。"

"二郎自谦。改日王爷得暇，再听他吹笛弹筝，方知他是如何多才博学。"蒋玉菡笑道。

"何必改日？"北静王笑道，"我府里这些皆是全的，这就取来，二郎且试演一番如何？"

柳湘莲心中高兴，便也不推辞，笑道："那就献丑了。"

一时笛筝取来，柳湘莲随手抚弄了两下那筝，只听那弦音清脆明亮、宛转悠扬，不觉兴起，随即便弹了一曲《高山流水》。谁知北静王亦是笛中高手，当即便和着吹奏起来。蒋玉菡情不自禁以啸声和之。那树上的花瓣，先是为柳湘莲的剑气所逼，如今又为筝笛啸声所感，一曲终了，禁不住落英缤纷，将水溶、柳湘莲、蒋玉菡三人笼在其中，仿若神仙！满院的侍从见了尽皆醉倒。

看看天色渐晚，北静王挽了他二人，留用晚膳。席间说起来日要演之戏，蒋玉菡笑道：“当年二郎所串的柳梦梅险叫我辈皆丢了饭碗。”

“哪里便到得这一步！”柳湘莲笑道，“前些日蔷哥儿也说他也记得。”

“可见不是我一人说好。”蒋玉菡笑道。

“蔷哥儿是谁？”北静王奇道。

“是他们从前宁府的一个嫡派，是故珍大爷的嫡亲侄儿。”蒋玉菡道，“从前为着要跟琏二爷一起去南方，将京中田舍一并卖了，如今又跟着琏二爷一起回京来了。倒也是个风流人物，长得亦十分俊俏。听说他从前喜欢上了他们家的一个唱小旦的，竟是十分痴情，可惜后来那姑娘无福，竟病死了。想来他懂戏自然是爱屋及乌了。”

“你这样一说，自然是这个缘故了。”柳湘莲道，“难怪他说他也学了两出戏，非要约我与他玩儿一把呢。”

“既是这样，不如请了他同来吧。你三个合演一出，岂非天下无双?！”北静王笑道，“横竖没有外人，权当咱们自己一乐。”

“妙啊！要这样，不如咱们唱个全本《牡丹亭》如何？”蒋玉菡拍手道，“二郎你还来柳梦梅，我演杜丽娘，便叫蔷哥儿扮个春香。”

“我只怕他是想扮杜丽娘呢。”柳湘莲笑道，“况且全本太长，也无趣得很。”

“这也容易。那咱们便从《游园》起，底下《惊梦》《寻梦》《还魂》，几折也便差不多了。”蒋玉菡道，“蔷哥儿他爱哪两折，便唱哪两折，余下的我来。二郎你的柳梦梅却是谁也替不了。”

“如此甚好。”北静王笑道，“既是这样，便邀了他家的蔷哥儿来，率性将琏二爷、薛虬等人皆邀了来，叫他们携了家眷来陪老太妃说说话，两家一处乐两天。如何？”

蒋玉菡、柳湘莲见北静王这等有兴，便皆说“甚好”。当晚拜别北静王，二人回到贾府，将北静王之意告知贾琏。贾琏听了十分高兴，遂唤了贾蔷前来，同他说了此事。贾蔷见事已至此，却也不好推辞，只得允了。

北静王送走蒋玉菡同柳湘莲，便欲将他几个串戏之事，说与太妃听，一问，太妃早已歇下了，只得次日散朝才去给太妃请安，顺便将串戏的事说与太妃。太妃听了，也觉新奇，十分高兴，当下笑道：“既这么有趣，不如我邀了南安太妃来听两天戏如何？她那日来瞧了我，也说在家无趣呢。本来我还想着，她来瞧我了，我也该寻个日子看看她去，这么着我竟也不必再特为地去看她了。”

北静王见太妃如此兴致，便也不好说自己已同柳湘莲等人说了并无外人了，想了想只得赔笑问：“老祖宗除了请南安太妃，可还有别的客人？我倒是同他几个说了并无外人。”

“我哪有什么客人？不过是南安太妃前几日来看了我，说了几句家常，所以才想到邀她来看戏罢了。何况若论起来，我们与南安王府亦是挂着亲呢！贾家的三姑娘乃是南安王的义女，他们家的林姑娘曾是咱们家的少妃，也不算外人。”

北静王默然，又陪太妃闲话几句，见太妃有些倦了，遂起身告退。

第二十四回

贾蔷哥安身梨香院
柳二爷落脚芦雪庵

开戏前两天，蒋玉菡、柳湘莲、贾蔷三人一早便先去了王府。北静王见了贾蔷，果然形容俊美，举止潇洒，十分高兴，遂携了他三个去见太妃。太妃一见，个个喜欢，夸赞不迭。三人说了几句话便起身告退，出去与王府的戏班子对戏、走场。至开戏当日，贾琏携了平儿，薛虬携了岫烟、宝琴，来到北静王府，先进去拜见太妃与王妃。贾琏与薛虬拜见已毕便退了出去，女眷们留下说话。宝琴是王妃从前见过的，如今早已听说了她与梅家之事，因此心下格外爱怜。平儿亦是王妃从前见过的，从前便觉她娴雅端庄，如今又知贾琏将其扶正，怕她心存顾虑，故对其分外亲切。

几人正说着话，外头来报，南安太妃来了。王妃忙起身迎了出去，平儿等人亦忙起身相迎。一时南安太妃携了孙女儿锦云进来，众人一一见了礼。侍女来报，戏已备好，请太妃等入座。众人出来，北静太妃、南安太妃、锦云县主正楼上坐了，北静王妃、平儿、宝琴、岫烟坐在东楼，其余众姬妾在西楼，北静王与贾琏、薛虬并水木等人在楼下坐了。众人坐定，贾琏复又上楼见过南安太妃方回座。游廊之下围了密密地一圈侍从仆役。

开场一出便是《游园》，蒋玉菡扮的杜丽娘，贾蔷扮了春香。北静太妃笑道："我只说琪官儿的扮相好，谁知这蔷哥儿扮起来竟是比那小姑娘还要美。"

南安太妃奇道："哪个蔷哥儿？"

"便是贾家的蔷哥儿，也不知溶儿使的什么法子，竟叫他们小哥儿个上台去串戏。我也是觉着新奇才独邀你来同乐，不然他们再不肯的。"北静太妃笑道，"便是那琪官，如今也早已是成家立业，等闲再不开口的。"

南安太妃仔细瞧了，台上的春香果然依稀是贾蔷的模样，遂悄悄瞥了一眼锦云。那锦云听说台上的春香乃是贾蔷所扮，早已看得痴了。

第二场乃是《惊梦》，贾蔷改扮杜丽娘，又另一番端庄秀丽。一时柳梦梅上场，北静王对贾琏惊叹道：

“难怪你家蔷哥儿说，二郎的柳梦梅，便是男子看了，也都想要化身杜丽娘了！”贾琏、薛虬皆点头笑道：“王爷说得正是。”

两日戏罢，太妃、北静王爷皆爱得什么似的。太妃道：“王爷你快好好想想，该赏他们些什么才好？”

蒋玉菡、柳湘莲、贾蔷都道：“只太妃高兴便好！”

“唉！要赏，要赏！”北静太妃笑道。

“老祖宗且容我细想想，”北静王笑道，“也容他几个先去卸了妆才好说话。”

“正是，正是。”北静太妃转对南安太妃笑道，“咱们且进去说话。”

平儿领了岫烟、宝琴过来致谢，辞行。北静太妃与王妃留不住便由她们去了。

蒋玉菡等人卸了妆，换了衣裳，这才重又出来与北静王、贾琏等人说话。北静王笑道：“我已有主意了。琪官那里容易，你如今做了铜商，不拘什么交易寻一揽子与你去做便是。前几日圣上刚赐了个园子与我，你们也知是哪儿，我又用不着，白放着也是荒了，不如送与二郎与蔷哥儿用去。你两个如今在京城一无所有，都挤在琏二爷那里定有诸多不便。那园子也尽够你二人分的，不知你二人意下如何？”

柳湘莲与贾蔷忙皆起身先谢了。柳湘莲道：“王爷厚爱，感激不尽，只是柳二漂泊浪荡惯了，不知哪一日便又走了，我要那园子委实无用，反辜负了王爷美意。”

“你不想要，我也不强求。只是你一日不走，总要有个安身之所，”北静王知他并非虚让，便道，“不如这样，你哪天进园子里去逛一圈，喜欢哪一处便做你来京的临时居所如何？好歹也有个固定的落脚点。便是哪天我兴致来了要去寻你说说话、喝杯酒，也知道去何处寻你。”

柳湘莲听他说得恳切，便不好再过分推辞，当下点头应允。

北静王便转对贾蔷道：“二郎选了哪一处，便以哪一处为分界点，余者便皆由你使用吧。”不料贾蔷却道：“多谢王爷美意！然我孑然一身，要这园子何用？如今在我二叔处甚好。”北静王听了哑然失笑道：“我这园子今儿竟是送不出去了。”又看着贾蔷笑道：“你终不成这辈子都孑然一身？倘或哪天成了亲，难道还住在你二叔家里？”

“既是柳二爷要进园子里去选地方，不如你也选一处中意的。王爷美意，岂可轻拂！”贾琏笑道。

“如此也好，”北静王笑道，“那你便也进去选一处吧。”

贾蔷略一沉吟，苦笑道：“那园子我早已烂熟于胸，不如这样吧，就请王爷将梨香院赏我使吧。那里单独在东北角上，有十来间屋子，尽够我用的了。”北静王奇道：“为何单只要那梨香院？”贾蔷低头含糊不语，贾琏等人皆心中有数。蒋玉菡见无人作答，便上前对北静王轻声道：“回禀王爷，从前他们家的小戏班子便住在梨香院，蔷哥儿便是管着他们的。”

“哦，”北静王曾听蒋玉菡说过贾蔷与龄官之事，当下便知情由，不禁心中一动，略一沉思道，“便如你愿，将梨香院赏了你吧。”

“多谢王爷。”贾蔷叩头谢恩。

“既是蔷哥儿相中了梨香院，我便也选一处落脚即可。那园子太大，我确是用不着许多。”柳湘莲笑道，“还请王爷成全。”

“既如此，便皆随了你们的心意吧。”北静王微微一笑，幽幽叹了口气，道：“想当年听宝玉说起那园中种种盛事，诗社雅集，又看了他誊录出来的诗词歌赋，心甚向往。唉，如今皆人去楼空。二郎哪天进园子，我也进去瞧瞧，我至今都还不曾进去过呢！”

众人皆知北静王心中必是想起黛玉了，当下皆不敢多言。唯柳湘莲赔笑道：“我等皆是闲人，只看王爷哪日得闲，进去瞧瞧便是。”众皆赔笑道：“正是。”北静王见众人皆小心翼翼，便微笑道：“择日不如撞日，咱们明日午后去便是。你们也不必过来迎我，申时只在园门口见面即可。等相中了地方，二郎与蔷哥儿再择日乔迁。”众皆说好。

“园子那样大，临街的门却也有几处，明日咱们是于正门口恭候王驾吗？”贾琏心细，心想水溶此行未必愿意大张旗鼓，因此问道。

北静王略一思忖道：“不如就从蔷哥儿相中的梨香院进去吧。”众人皆点头说好，见北静王恹恹的样子，也便不再久留，皆起身告辞。北静王也不深留，各自散去。

次日，柳湘莲等早早便候在梨香院门前，申时刚至，便见北静王坐了一乘小轿前来，只水木与十几名亲随相伴。众人见北静王便装来此，也便皆未行大礼，只一一见礼毕，便鱼贯而入。

北静王进得院来，见有十多间房舍，前厅后舍倒也俱全，当院一棵大梨花树。贾琏领路，众人穿过院落，从角门进了大观园。贾琏特意领了众人直奔潇湘馆而去，到了门前，但见“潇湘馆”三字依然如故。贾琏躬身对北静王道：“王爷，此处乃是少妃昔日闺房。”

众人听见这话，皆驻了足。

北静王“哦”了一声便独自信步走入，只见院内落叶萧萧，寒烟漠漠，寂然无声。众人皆在门外候着，一时北静王走了出来，对贾琏道：“有劳二舅兄将此处回复当年模样，来日等我有闲了，也好来坐坐。”

贾琏忙应道：“是。”

众人行至芦雪庵，柳湘莲道：“此处甚好，傍山临水，茅檐土壁，槿篱竹牖，四面芦苇，推窗还可垂钓，倒是极合我的心意。”

薛虬道：“此处好是好，只是冬季恐太冷了。”

“我日朝练剑习武，何惧寒冷！”柳湘莲笑道。

“不妨，里头有地炕，便是寒冬腊月，从前她们娘儿们也时常在此聚会取乐。”贾琏笑道。

“那便最好了。”北静王笑道，“此处我亦甚是喜爱。如此，此处便是二郎的居所了。率性一事不烦二主，皆由琏二爷收拾了吧。”

“这是自然。”贾琏笑道，又指不远处竹桥对薛虬道，“此处过去便是藕香榭，藕香榭对面便是从前邢大妹妹居所紫菱洲了。”一句话提醒了北静王，因笑道：“我竟忘了一事，薛翰林如今住在何处？”

“回禀王爷，眼下暂住在琏二哥府上。”薛虬道，“近日正寻地方打算搬迁呢。”

“咱们过去到从前尊夫人住所瞧瞧。若好，你又何必再出去另寻住所？这园子这么大，也得有些人气方好。”北静王笑道。

众人于是过了藕香榭，穿入一条夹道，东西两边皆有过街门，门楼之上里外皆嵌石头匾。众人进的是西门，向外的匾上凿着“穿云”二字，向里则凿了“度月”二字。众人来至当中，正门前站定，贾琏手指对面道：“对面是缀锦阁，便是紫菱洲所在，从前邢大妹妹便同我家二妹妹住在那里。”

“果然好地方。”北静王笑道，“梅翰林若住在此处，便可携尊夫人日日故地重游，何等意趣！”

“万万不可。”薛虬慌忙道，“这便如何使得?！”

“有什么使得使不得的！”北静王不以为然道，“我说使得自然使得。这样一个园子，竟如此荒芜，岂非暴殄天物？我只恨自己无回天之力，不能令当日那些琼闺秀玉皆重集于此。对了，你妹子昔日不曾在这园子里住过么？”

“自然也是住过的。”薛虬笑道。

“那便叫她也进来住，”北静王笑道，“还住她从前住所便是。她从前住哪个所在？”

“回禀王爷，薛二妹妹从前同薛大妹妹住在蘅芜院。”贾琏道。

“哦，她还有个姐姐？那便叫她们姐妹皆住进来便是。”北静王笑道。

“薛大妹妹已仙逝了。”贾琏道。

北静王听了“哦”了一声，不再多言。一行人便又至各处转了一转，北静王对贾琏道：“就这几日便加紧收拾收拾吧，太过荒凉了！”想了想又说：“我知道你这些日子忙着收拾镇海将军府，缺什么你开出单子来，交与水木，叫他着人去采办，务求复原为上。或可将芦雪庵、紫菱洲、蘅芜苑、梨香院、潇湘馆几处先收拾了，余者慢慢整饬。”

“是。”贾琏、水木皆应道。贾琏又笑道：“那边有芸哥儿和蔷哥儿，不妨。这几日我便帮着水大人将这里先收拾出来。”顿了顿又道：“王爷是单收拾这园子呢，还是连着前头的房舍一并皆收拾出来？”北静王略一思忖道：“只收拾这园子吧，前头我如今用不着。”转又微笑道：“这园子早一天收拾出来，他们几个也有个安身之所，你那里也宽敞些，我也多个休闲的去处。”

贾琏答应了，送走北静王，叫贾芸回去请了林之孝来，问他可有当年采买的清单及各处布置的明细。林之孝道：“我家中倒也有些，只不全，我再去问问赖大他们几个，想必也能凑个八九不离十的。”

“那你便快去寻他们几个吧，”贾琏道，“北静王爷立等着要用呢。”

林之孝答应着去了，找到赖大等人。他几个一听北静王爷旨意，不敢怠慢，慌忙皆动了起来，次日便将清单、明细抄列明白，送与贾琏。贾琏看了，又仔细核了两遍方拿去交与水木，水木即刻安排下去。众人因恐北静王爷偶要踏足，故事无巨细，无不求精，况若只收拾那几处立等使用的所在，一路行来未免不甚妥协，故将园内大致景观皆收拾整理了一番。直忙乱了近两个月，芦雪庵等几处地方才算万事俱备。却又恰逢酷暑来临，便率性等入了秋，天高气爽，柳湘莲等人方搬入园中。

第二十五回

一往情深锦云思嫁
两情相悦贾蔷成亲

柳湘莲刚入驻芦雪庵，水木便奉命从王府调了一拨子人来伺候柳湘莲。柳湘莲却全数退回，说自己一个人早已习惯了。北静王不允，务叫留几个人打粗、跑腿使唤，又将自己身边一个相貌清俊、言语伶俐的名唤小鱼儿的小厮送与柳湘莲。柳湘莲不便太过推却，遂将两个打粗做饭的婆子并小厮小鱼儿留了下来。

北静王听了水木回禀，也便不再强求，只随他心意，又叫雪雁带了几个丫鬟婆子回潇湘馆居住。贾琏知道北静王心思，特叫人买了只鹦鹉悬于廊下，叮嘱雪雁一切皆按从前旧式而行，只当黛玉尚在。雪雁一一应承。只是从前那些书籍却无从下手，竟不知黛玉素日看些什么，问雪雁，雪雁竟也不知，只因当日此类事宜皆由紫鹃打理，贾琏因想起北静王说起曾见过她姊妹们的诗词歌赋，遂托薛虬询问邢岫烟与薛宝琴二人。谁知邢岫烟与黛玉却并不相熟，倒是宝琴知道些黛玉的喜好。贾琏于是叫人去收了一堆王摩诘、李青莲、陶渊明、老杜等人的新旧诗集来，摆于各处，求个样式罢了。

薛虬、邢岫烟带着仆从也搬入紫菱洲，宝琴带了丫鬟小螺住进了蘅芜苑，一日三餐或去与她兄嫂同食，或懒怠动弹。邢岫烟则打发丫鬟、婆子送了过来。薛虬见他妹子独居蘅芜苑内，太过寥落，便又替她买了个打粗的婆子并一个跑腿的小丫头。

贾蔷亦搬入梨香院安居，他贴身小厮三儿道："爷，咱们如今又单独自家过活了。就咱们爷俩，这人也忒少了些。这院子虽不大，我一个人却也真是忙不过来呢。再说，爷的汤汤水水的，我也确实伺候不了啊！"

"你小子，想偷懒便说想偷懒，扯你娘的臊。"贾蔷笑道。

"真不是要偷懒，爷。"三儿委屈道，"咱们如今要单门立户，这一日三餐便是头等大事。咱们不成到了饭时便往琏二爷他们那边去吧？"

贾蔷想想也是，便道："既这么着，你便去寻个打粗做饭的婆子来吧。"

“爷，光寻个打粗做饭的也不够啊，总得再有个伺候爷衣物的女孩子吧？”

“你便看着办就是了。”贾蔷不耐烦地挥挥手，三儿这才一溜烟去了，半晌，领了一个十二三岁的小丫头子并一个半老的婆子回来见贾蔷……

贾琏见他几个俱已安置妥当，便与柳湘莲、薛虬、贾蔷来到北静王府，一则致谢，二则复命，三则邀北静王得闲进园看一看。北静王见他几个皆安置下来，十分高兴，答应得空了便去瞧瞧。几人正说着话，有人来报：“太妃请王爷过去，有话要说。”贾琏等人忙起身告退。北静王看他几个走了，便往后头太妃处而来。见王妃也在，北静王便先见了太妃，行过礼，坐下。王妃过来行礼，未及王妃坐下，太妃便笑道：“今日南安太妃来了，你猜她来做什么？”

“做什么？”北静王笑道，“看太妃这样高兴，定是件好事。”

“的确是件好事。”太妃笑道，“她来托我替她家孙女儿锦云说合一门喜事。”

“哦？”

“她家锦云相中了贾家的蔷哥儿。”太妃笑道，“二人看着确也般配。”

“是那日看戏时相中的么？”北静王笑问。

“先我也以为是看戏那日相中的，细问了方知并不是。”太妃笑道，“南安王一家早已便相中了蔷哥儿，早便想托你出面去说此事，因你出使真真国才耽搁了下来。可巧你一回来竟邀了蔷哥儿来串戏，那锦云偏又跟着她祖母来看了两日戏，这回家去想是再放不下了，拖了这些日子。到底今日南安太妃亲自来同我说此事，想央你去贾家说合此事。”

“老祖宗敢是也糊涂了。”北静王笑道，“我便不出使真真国，也不会替他们去做这等保媒拉纤之事。现放着现成的一堆官媒婆子，南安王随便吩咐一声，还不人人踊跃？”

“你不知道，这里头有个缘故在内。”太妃笑道，“先我听了也说这话，后来听南安太妃一说，才知他家想要蔷哥儿入赘，因怕万一被拒了，传出去岂不尴尬？因此才想起来托你说句话。”

“如此便更加不妥了。”北静王道，“贾氏一门虽败，也是世代列侯，况如今他家兰哥儿、三姑娘皆兴旺在即，如何肯入赘旁姓？”又道：“南安王并非无子，为何非要锦云招赘？”

“不过就是舍不得！”太妃道，“当初为了锦云，他家都敢冒欺君之罪，想出贾家三姑娘代嫁一辙，如今自然是怕嫁出去受委屈。”

“不是说那贾蔷父母早已亡故，又无兄弟姊妹，能有什么委屈？”王妃道。

“难道这爹娘兄弟姊妹便是受委屈的源头么？”太妃不悦道。

“啊呀，妾身不是这个意思，”王妃吓得赶紧跪倒在地，“还请太妃恕罪。”

“你快起来吧。”太妃道，“不过王妃说得也在理啊，那蔷哥儿孤身一人，谁给他家锦云委屈受呢？我今日竟没想到这一层。只是南安太妃今日亲自来托我此事，我却如何回复她呢？”

北静王想了想道：“这样吧，我让水木同琏二爷说说看。这些日子他二人常在一处，说起话来也方便，何况如今贾家长辈也就数贾琏了。”

太妃点头道：“也好。若他家不肯时，咱们据实转告便是。”

于是北静王命人叫来水木，如此这般同他说了一遍。水木领命而去，贾琏先听说南安王相中贾蔷，十分高兴，后又听说要贾蔷入赘便不十分情愿了，只得推托道："这样大事，蔷哥儿早已成人，我这做叔叔的却也不便越俎代庖。还是问过了他本人，再给大人回话可否？"水木一听便知他心中不大情愿，北静王早有交待在先，当下也不勉强，只笑道："这是自然。"

水木走后，贾琏让人将贾蔷唤来，同他说了南安王府之事。贾蔷想也不想便道："二叔是知道我的，我这辈子也就这样了。"

"胡说。"贾琏道，"我是知道你那点子心事，只是别说那龄官没了，便是她在，她能挡着你正经娶妻生子么？"

贾蔷一时想不出话来回，只得说："倒插门入赘这样辱没祖宗的事我是死也不肯的，便是我肯了，二叔同兰哥儿难道就不要一点脸面了么？"

"这倒是句人话。"贾琏道，"本来我听见南安王相中了你，倒是正经替你高兴呢，谁知竟是要上门入赘的，这样事情如何行得？罢了，只当咱们没这份福气。我明日去回了水木。"

次日，贾琏自去寻了水木，说了原由。水木说声"好"也未多言，自去北静王处复命。北静王听了，哈哈一笑道："果然不出我所料。"转去告知太妃，太妃亦无可奈何，只得遣心腹至南安王府将贾家意思一一告知南安太妃，太妃听了也只得罢了。南安王与王妃也在意料之中，因此也便罢了。

谁知那锦云县主本来亦是可有可无，然自看了贾蔷两出戏后，便如那杜丽娘一般无二，心上却再难放下。一听说因为入赘一事被拒，心下怨闷，又难以启齿，一气之下便将饮食俱废。这一来吓坏了众侍女，慌忙去禀报太妃、王妃。太妃、王妃惊得皆赶至锦云房中，劝了半日，那锦云只不肯进食，问她缘故，也不吱声。急得太妃与王妃将身边侍女们一个一个叫过来问了个遍，竟无一人知道端倪。南安王散朝回来，听说后院乱了套了，慌忙进来问询。锦云依旧是一言不发。

太妃慌道："这可怎么好！说是打从昨儿晚上起，到现在水米未进，怎么了得！"又气得训斥众侍女："一帮子糊涂东西！既是昨晚上便没吃东西，怎地昨儿晚上不上去回？拖到这会子才说！"众人急成一团，束手无策。南安王急道："必是她们哪个丫头伺候不周，再问不出个所以然来，便一个个挨个儿拖出去先打二十板子，不怕问不出缘由来。"一众侍女听了吓得跪了一地，哀求不已。

那锦云本是个有口无心的直爽性子，只是今日之事关乎少女怀春心思，且年岁渐长，故一时不好意思明说，如今见连累了众人，心下不忍，急得涨红了脸说了一句：“并不关她们的事。”

“那到底是因为什么？小祖宗，你只管说出来，无有不依你的。”太妃忙道。

“是啊，”王妃也忙道，“好孩子，你到底要怎样？你可千万别再这么怄着了，再急坏了老祖宗。”

锦云低着头，拿手指反复绕着衣带，咬了咬嘴唇，暗自横下一条心来，将头垂得更低，口中嘟囔道：“谁要招什么上门的女婿啊？是你们自己，不是我。”

太妃等人闻言，皆放下心来。太妃看着王妃苦笑道：“唉，你看看，这才是女大不中留呢！”又对锦云道：“小祖宗，你先吃饭，万事好商量。此事不急在一时，容我与你父王、母妃细商议。”

“我不饿。”锦云任性道，“等你们告诉我商议的结果再吃不迟。”气得南安王吹胡子瞪眼，只因太妃在跟前，也不好多说什么。太妃听了锦云之语，叹了口气，站起身对南安王夫妇道：“你们都随我来。”

南安王与王妃扶了太妃回到上房坐下，太妃道：“唉，怪只怪我那日带她去看了两日戏。那蔷哥儿在北静王家里串了两场戏玩耍，想必锦云便看入心里去了。如今却如何是好？且如今北静王亦知此事，更不能用强。你们说如何是好？”

“男大当婚，女大当嫁。实在不行，便依了她吧。”王妃道，“那贾蔷家里并无父母兄弟，只他孤身一人，咱们替他在佐近置个宅院，多多地安置些仆从。锦云过去，自己当家，其实同在家也是一样的。”

“你都这样想，我又有何话说！”太妃道，“总好过她眼下这等闹着。”

“如今此举怕是不妥呢。”南安王道，“我听说北静王一时高兴赏了那贾蔷一所宅院，便是从前贾家省亲别墅边上的一个小院子。咱们若替贾蔷重置宅第，岂不是说北静王所赐的不好么？”

太妃与王妃听了皆沉思无语，半晌，太妃方叹息道：“唉，冥冥之中，因果早定。咱们从那园子里弄走一个，如今还回去一个，皆是有定数的。既如此，叫我说，咱们也不必拘于眼前。什么宅院大小，横竖就在眼面前，离着不远，放个风筝那边院子都能瞧见。嫁便嫁过去吧，只锦云欢喜便好。”

南安王与王妃见太妃这样说，想想也别无良策，又想日后只要他小夫妻和美，万事皆好商议，真不必非僵住了局，无路可走，于是仍请太妃使人前往北静王府说与北静太妃。北静太妃听了不免与北静王同王妃说笑了一回，仍命水木去寻贾琏说和此事。贾琏一听，满口应承，叫来贾蔷，晓以利害。贾蔷无奈，只得从命。贾琏自然将场面上的各式礼节安排妥当。南安王府得了准信，悄与贾琏商议，一应布置皆由南安王府按照锦云喜好安排，无须贾府劳神。贾琏乐得省心，无有不应。贾蔷更是可有可无，索性搬到芦雪庵与柳湘莲做伴，将梨香院空了出来，由着南安王府自去收拾打理。

小小梨香院装饰一新，雕金饰银，铺锦挂绫，极尽奢华。完工后，邀贾蔷来看。贾蔷一看，满眼珠翠，温柔旖旎，竟是出乎意料，很是欢喜。及至洞房花烛，方知那锦云县主虽非绝色，却也是琼闺秀玉，上上人品。那贾蔷本也是风月场中打过滚的人，不消两天便将锦云脾性摸得一清二楚，知她虽然年岁不小，却实在是一派纯真，又对自己一往情深，千依百顺，不由得心下爱惜，二人遂恩情日浓。此皆后话，按下不表。

第二十六回

芦雪庵前白雪红梅
栊翠庵里笑靥如花

如今且说柳湘莲自搬入芦雪庵，北静王因事务繁忙，并未来访。那芦雪庵虽与紫菱洲相距甚近，却因薛虬乃是新点的翰林，在朝中根基尚浅，故忙于交际，因此也难得一聚。贾琏等人皆忙着整修将军府及贾蔷的婚事，亦无暇来聚。蒋玉菡因得了北静王赏给的一宗差事，往江南去了，快了也要年底才回。贾蔷来小住了一阵子，二人相聚甚欢，不久贾蔷便回梨香院成亲去了。柳湘莲依旧每日里舞剑、看书，虽已入冬，偶然兴起，垂钓一番，因水中从前养着许多鱼，故从未空钩。钓了鱼上来，便命厨娘烹了，自斟自饮，怡然自得。

这日正于屋内独饮，小厮小鱼儿进来笑道："二爷，外头下雪了。"

"是吗？"柳湘莲出去一看，果然纷纷扬扬地飘下雪花来，不禁喜道，“好，今夜若不停，明早正好赏雪。”说罢，仍回屋自饮。忽小鱼儿又进来道：“北静王府来人。”柳湘莲忙叫请进来。原来是北静王在家看见飘雪，使人送了一件白狐领月白猩猩毡的斗篷来。柳湘莲忙谢了，赏了来使，来使谢恩而去。

第二天早上，柳湘莲尚躺在炕上，便觉着室内亮得耀眼，起来一看，一片琉璃世界，远远的是青松翠竹，不觉精神一振，也不洗漱，拔了剑便于雪地里舞了一回，出了一身的汗，这才回房洗漱、吃饭。

饭毕，披了北静王所送斗篷，过了竹桥，信步往藕香榭方向而去，顺着夹道，“穿云”“度月”，一径出了夹道东门，一抬眼，忽见前面山坡上有个美人，披着一领金翠辉煌的斗篷，身后一个丫鬟抱着一瓶红梅立于雪坡之上，恍若神仙。柳湘莲一时竟看呆了。

却见那美人姗姗而来，走到跟前福了一福，笑道：“柳二哥起得早。”原来那人却是薛宝琴。

柳湘莲恍惚着慌忙还礼不迭：“薛姑娘好早！从哪里摘得这好俊的梅花！”说着话竟是眼皮也不敢抬一下，一颗心“扑通通”乱跳。

“前面不远便是栊翠庵，那里有几株梅树。”宝琴笑道。

“哦？我住了这些日子竟一无所知。”柳湘莲心内发慌，垂着眼帘拱着手，口中强笑道，“却不知从哪里过去？我也瞧瞧去。”

宝琴听了，略一迟疑，笑道：“既是柳二哥想看，我便领你过去吧。”

“如此多谢薛姑娘了。”柳湘莲忙作揖道。

宝琴抿嘴一笑，回身便走，小螺抱了梅瓶跟在后头。柳湘莲便不远不近地尾随在后，心中暗自责怪自己，又不是没见过美人，如何这等没出息，这般的耳热心跳！三人刚下了山坡便已闻得一股寒香扑鼻，抬头一看，果见有十数株红梅如胭脂一般，映着雪色，分外妖娆。宝琴立住脚笑问：“柳二哥可要进去摘一枝回去插瓶？”

“啊呀，我那里只有杯盏酒具，倒还真是没有梅瓶。”柳湘莲笑道。

“那这一枝便连这瓶子一并送与柳二哥吧。”宝琴笑道。

“使不得使不得，”柳湘莲忙道，“岂能夺人所爱！”

“这有什么？”宝琴笑道，“我进去再摘一枝便是。

我屋里另有别的瓶子。”

“那我便恭敬不如从命了。”柳湘莲稍稍迟疑一下道，“我这就进去帮薛姑娘再摘一枝吧。”

“好啊！”宝琴笑道，“那就多谢柳二哥了。”

“原该我谢薛姑娘的，怎么反倒叫姑娘谢起我来了?！”柳湘莲也笑道。

几人进了庵门，柳湘莲道：“薛姑娘喜欢哪一枝？”

“我看看。”宝琴说着便至树下，仰头四顾。柳湘莲一旁见了，不觉又是一阵神痴。“这枝吧。”宝琴指着一枝红梅笑着回头对柳湘莲道，“趁着你在，率性摘一枝大些的。柳二哥，你看这枝可好？只是忒高了些，恐够不着摘呢！”柳湘莲见她笑靥如花，不禁心中一荡，遂走到树下，顺着宝琴所指看了过去，却见一枝梅花约二尺来长，旁有一横枝纵横而出，约有五六尺长，其间小枝分歧，或如蟠螭，或如僵蚓，或孤削如笔，或密聚如林，花吐胭脂，香欺兰蕙，恰横于院墙之上。

“是这枝么？”柳湘莲指着那枝梅花问道。

“正是，正是。”宝琴笑道，“是不是太高了，够不着啊？”

柳湘莲微微一笑道：“这有何难？”说罢轻轻一纵

身，便上了院墙。宝琴、小螺猝不及防，皆情不自禁惊呼了一声。宝琴顿时拍手笑道："啊呀，柳二哥当真是动若脱兔，翩若惊鸿。"宝琴一时高兴，不觉露出了本来活泼喜乐情状。柳湘莲见了宝琴真性情模样，越发醉在那里。

宝琴见他站着不动，便高声问道："柳二哥，是不好摘吗？"柳湘莲这才清醒，忙说："好摘。"伸手试了一下，枝杆略有些粗，若用力硬折却恐伤了花朵，便从靴筒内取出一把匕首来，手起刀落，将那一整枝梅花切了下来。喜得宝琴在下欢呼不已："好锋利的刀啊！"小螺将梅瓶撂在地上，也在一旁拍手叫好不迭。

柳湘莲持了梅花，轻轻跃了下来，笑道："这样大一枝，只恐你二人抬也抬不回去，不如我帮你们送回去吧。"

"也好。"宝琴笑道，"咱们先把方才那瓶子小的送到芦雪庵，你再帮我们把这枝大的送到蘅芜苑去。"

柳湘莲持了梅花在前头走，宝琴、小螺后头跟着，远远地便看见小鱼儿迎了上来。"二爷，您这一早上的去哪儿了？把我这一顿找。哪儿得来的这么俊的红梅花？我来拿吧。"小鱼儿说着便伸手来接梅枝。柳湘莲道："没见后头小螺姑娘手里抱着梅瓶呢吗？"小鱼儿这才赶过来给宝琴行了礼，又对小螺笑道："小螺姐姐，我来拿吧，仔细累着您。"小螺一笑，将梅瓶递与小鱼儿。柳湘莲道："你将这梅瓶拿回去摆好。"

"是，我这就去摆。"小鱼儿道，"二爷，您去哪儿，不回家么？"

"我把这花给薛姑娘送家去。"

"那我一会子上蘅芜苑找您去？"

"不必，我去去便回。"

三人到了蘅芜苑，见邢岫烟的丫头篆儿站在门口，远远看见他几个便迎了上来，先行了礼，笑道："姑娘这么早原来是摘花去了，二奶奶等姑娘半天了。"柳湘莲听说邢岫烟在内，便在院门外立定，将花递与小螺和篆儿，告辞而去。

邢岫烟见了她几个抬进来的梅花，赞道："好俊的梅花！这样大枝，却是如何得来？"

"方才可巧遇着柳二哥，他帮着摘的。"宝琴笑道，"到底还是柳二哥那样的才正经有用，今日若是我哥哥那样的文弱之人，这花可就得不着了。"于是眉飞色舞地将方才柳湘莲采花一节细细说与邢岫烟听。小螺一旁边和篆儿插花边忍不住也插嘴赞了几句，边说还边模仿柳湘莲跃上墙头的样子，作势纵了一下，逗得邢岫烟等人皆笑了起来。几人说了半天，宝琴方想起来问道：“嫂嫂过来可有什么事么？”

“没什么事。”邢岫烟笑道，“我因见这雪下得好，想起那一年咱们在芦雪庵联诗的事来，所以走的来寻你出去赏雪的，谁知你早赏了一圈回来了。我这一路走过来，却也算是赏过了。”二人于是坐着说笑一回。一时丫头来传饭，邢岫烟便问薛虬可曾回来。丫头答小厮回来送过信了，说薛虬中午有事不回。邢岫烟便道：“既是二爷不回，天怪冷的，不来回跑了，叫他们把饭送到姑娘这里吧，就在这儿吃了。”

一时丫头婆子们将食盒取来，邢岫烟与宝琴便于炕桌上对坐着吃饭。饭毕，邢岫烟便在蘅芜苑歇了会午觉。有人来报，说薛虬回来了，邢岫烟便先回紫菱洲去了。

邢岫烟回到紫菱洲，见薛虬已换了常服，在家坐着，见她回来便问她去哪儿了。邢岫烟说在蘅芜苑同宝琴一起吃的午饭，随口便又提到柳湘莲送的梅花。邢岫烟笑道：“咱们要不要去栊翠庵也摘两枝来插瓶？这会子离晚饭还早呢。”薛虬却问：“柳二哥却是怎么和琴妹妹碰在了一处的？”

“这个我却不知了。”邢岫烟笑道，“许是一早上两人出去赏雪遇上的亦未可知。”

薛虬沉思道：“你说咱们能不能将琴妹妹说与柳二哥呢？终不成叫琴妹妹就这样了此一生，岂不太苦?！”邢岫烟听了，想了想道：“若说他二人年龄相貌，却也十分般配，只是我听说从前琏二哥曾将他的小姨子尤三姐许与柳二哥。后来也不知究竟因为什么，那尤三姐抹了脖子，柳二哥跟着一个道长一去几年杳无踪迹。”

“这事我亦知道。”薛虬道，“那会子我跟着大哥为了寻他，京城内外左近的大小寺庙险些没跑断了腿，到底也没寻着。可巧那日便遇着他拔刀相助，说是从他姑母处而来。到底究竟不知他从何处而来，想来这几年他在外头必是经了些事情的。他既不说，又何必再问！我今听你一说，那柳湘莲从前便是出了名的冷面冷心，差不多的人，他都没情没义的，却缘何这样雪天，巴巴儿的去替琴妹妹摘一枝梅花？我想兴许冥冥之中他二人或有些缘分。这男女之间，除去姻缘，又能有别的什么缘分？”说到此处，便有些坐不住了，起身道：“我去一蘅芜苑。”说着穿了外头大衣裳便直奔蘅芜苑而去。

到了宝琴屋内，果见案上供着一枝红梅花。宝琴见她哥哥来了，早已迎了上来，请薛虬坐了。薛虬指着红梅花笑道：“好俊的梅花！妹妹却从哪里弄来的？”

“是栊翠庵的。”宝琴笑道，“我原摘了一枝小的，后来遇着柳二哥，帮我摘了这枝大的，我便将原先那枝小的连瓶子一起送与他了。”

“哦！”薛虬点头应道，起身踱至案前，假意赏花，“这样大一枝梅花，不知生于高处还是低处啊？”

“巧了，”宝琴笑道，“恰好生在围墙之上。柳二哥轻轻一纵身便跃了上去，人都说身轻如燕，今日才算见识到了。”

薛虬闻言转身看宝琴，见她满面笑容，遂道：“妹妹，我有件事情想同你商议。”

宝琴见他说得郑重，遂疑惑道：“有什么事，哥哥只管说便是了，何必这样郑重？”

“人生大事，不得不郑重。”薛虬复至炕前坐下，“你觉得柳二哥这人如何？”

“自然是好。”宝琴笑道，“人物风流，文武兼备。哥哥问这个做什么？”

“妹妹你自嫁到梅家，从未过上一天的顺心日子，精心伺候了梅公子一场，到底还是一场空。”宝琴听他提起从前，顿时黯然。“如今柳二哥失踪多年竟同咱们偶遇，怎知此非天意？”薛虬继续说，“妹妹你既也觉着他不错，莫不如我去同他说说，看他是否有意？若他亦有意，岂不是一段美事?！妹妹你终身也有个依靠。不是哥哥不能容你，只是我想你若就这样一辈子，岂非太过清苦？”薛虬见宝琴低头不语，便又道：“上你这儿来的一路上我便想好了，若妹妹你心里愿意，此事我便去寻琏二爷，先去同他说明此事——此事也必得他出面方能成。若是妹妹你不愿意，哥哥的话只当没说。”宝琴的头越发低了下去，薛虬见状笑道：“妹妹不说话，我便当你是愿意了。”见宝琴只顾拿手抚弄衣带，并不说话，薛虬起身笑道：“我这就去寻琏二爷。”

薛虬叫人备了轿，出门直奔贾琏处。贾琏一见，笑着迎上来道：“这样雪天，薛翰林不在家赏雪赋诗，却来我这里做什么？”

“二爷取笑了。”薛虬笑道。二人行礼毕，坐下闲聊了几句，贾琏道：“我知你近日忙于交际，不得闲暇。今日来访，必是有事，说吧。”

“果然琏二爷冰雪聪明，万人不及。”薛虬笑道，“实是有一事相求，只是不知如何开口？”

“你我自家兄弟，怎么还扭捏上了！”贾琏笑道。

“若是为旁的事，小弟也就不为难了，只是此事关乎内宅颜面，所以犯难。”薛虬皱眉道。贾琏见他这样，便叫左右退下。薛虬这才说：“有件家事一向无人知晓，我家琴妹妹虽嫁与梅家，因那梅公子一直缠绵在床，故始终未能圆房。”

“啊？”贾琏闻言大惊，脱口道，“如此说来，薛二妹妹至今尚是处子之身？”

薛虬红着脸点点头。

“啊呀！罪过，罪过！这才真叫罪过呢！”贾琏跌足道，“那你这亲哥哥是怎么当的呀?!”

“正是，正是我之过呀！我原本想这门亲事乃家父在日所定，无论如何也要成全他老人家这桩心事，故不顾一切执意要琴妹妹嫁入梅家。唉，谁知竟误了她！”薛虬叹息道，“所以今日有一事来求二爷。”

“何事？”贾琏疑道。

“二爷觉得柳湘莲此人如何？”

“莫不是你相中了柳湘莲？”

“正是。”薛虬道，“二爷觉得他与我琴妹妹可般配？”

贾琏想了想道：“若论他二人品貌，倒真是天造地设的一对。只是柳二郎那人想必你也都听说了，且不说他如今是不是还跟从前那么样似的，冷面冷心的，只他同尤三姐那一段便闹得众人皆知，谁知他这几年可有所改变？更不知他是否已将前情放下？他若不肯，谁能强得了他?！”

“古人有云：‘解铃还须系铃人。’此事必得二爷出马，方能成功。”薛虬笑道，“他与尤三姐之事本是二爷当年一手操办的，便是他心里肯了，他也须先想想如何在二爷跟前说得过去。若此事由二爷去说，他自然便先少了一层顾虑了。他若不肯，哪儿说哪儿了，也传不到外头去。”

“也是，”贾琏笑道，“你倒想得周全。如此我明日便去寻他。不过丑话说在前头，成与不成，全在他自己。”

“那是自然。”薛虬笑道，又闲聊数语方起身告辞。贾琏知他如今事多，也不强留，由他去了。

第二十七回

芦雪庵诗稿依旧在
潇湘馆鹦鹉不复存

且说柳湘莲回到芦雪庵，望着那瓶梅花，薛宝琴的音容笑貌在脑海中挥之不去。柳湘莲思念一回，自责一回，坐卧不宁。思来想去，忽想起贾蔷上回告知，如今尤老娘与尤氏在小花枝巷内的宅院住着，不如到那里走一遭去，免得自己胡思乱想。因叫小鱼儿拿了斗篷，也不骑马，俩人步行往小花枝巷而去。到了巷口，柳湘莲停下脚步，暗自思忖："自己若进去了，又说些什么？"因此站了一会，又往回走。小鱼儿不知何意，也不敢问他，只在后头跟着。回到芦雪庵，见他坐下又望着梅花出神，便小声道："二爷，看看晌午都过了，您不吃饭吗？"

"你自去吃吧。我这会子不饿，饿了再吃。"柳湘莲道。小鱼儿答应着出去，自与那两个厨娘吃饭。

柳湘莲提了剑到外头舞弄一回，收了势，情不自禁便过了竹桥，往藕香榭而去。出了夹道东门，但见四面粉妆银砌，对面山坡上白茫茫一片，犹有几串足印。眼前不禁又浮现出早上宝琴与小螺抱着一瓶红梅立于山坡之上的情形，总觉得似曾相识，却想不起究竟在哪里见过。站了一会，觉着有些寒意，正好小鱼儿抱着斗篷寻了来，道："二爷，这样天气，穿这样少，仔细受了凉可了不得。"

"哪里便这样娇气！"柳湘莲笑道。

小鱼儿过来替他将斗篷披上。"二爷，您盯着这光秃秃的山坡子瞧什么呢？"小鱼儿四处张望道，"什么也没有啊！"

柳湘莲微微一笑道："你自然是看不见。回去吧。"说着便往回走，小鱼儿跟在后头，走两步又回头看了看，还是什么也没看见。

回到芦雪庵，柳湘莲叫小鱼儿将钓竿取出来。"这样天气，二爷难不成还要钓鱼？"小鱼儿问道。

"你懂什么？"柳湘莲笑道，"这叫'独钓寒江雪'。"

一时小鱼儿取来渔具，柳湘莲便坐在河边垂钓。其实根本无心钓鱼，只望着河滩上积满白雪的枯苇丛出神。一心想将尤三姐想起，好断了自己杂念，谁知那三姐形容竟越思越想越模糊，到后来竟是一丝一毫也想不真切了，满脑子皆是薛宝琴的如花笑靥与银铃似的笑声。

“二郎好兴致！”忽听有人朗声道。

柳湘莲闻声扭头一看，竟是北静王带了十几个亲随身着便装立在不远处，旁边停着一乘暖轿。柳湘莲慌忙放下钓竿，起身近前行礼。北静王伸手扶住，笑道：“早知如此，昨日我便不该送你这猩猩毡的斗篷，该送你一套斗笠、蓑衣，方配你今日这番行径。”

“王爷见笑。”柳湘莲笑道，“不过斗笠、蓑衣倒是的确更配我这个人。”说着请北静王进屋说话。彼时，北静王带来的人，早已在炕上铺了锦褥、靠垫，又在屋内加了火盆。

北静王笑道：“我可比不了你，我怕冷。”柳湘莲笑道：“我也怕。只不说，谁知道！”众人听了皆笑了起来。北静王伸手握了握柳湘莲之手，笑道：“果然你的手也是冷的。”二人大笑，遂皆脱靴上炕。

“本来一早便想来同二郎一起赏雪，无奈俗事缠身，直拖到此时方才得空。”北静王笑道，又环顾四周：“二郎在此处住着还习惯么？”说着话一眼看见案上所供梅瓶，不禁笑道：“不意二郎竟有如此心境！这一枝红梅倒也玲珑。”柳湘莲听了竟情不自禁地有些心慌，忙欲拿话遮掩，不料小鱼儿上前道：“回王爷的话，连同这瓶子，一并都是早上薛二姑娘送的。”

“王爷几时问你话了，便要你小子来回话？”柳湘莲不禁红了脸道。小鱼儿笑道：“回王爷的话，我们二爷瞧这瓶子都瞧饱了，中饭都没吃。”

“你小子，还不快给我滚出去。”柳湘莲笑道。

“且莫急着滚出去。”北静王笑道，“这薛二姑娘何许人也？”

“回王爷的话，薛二姑娘乃是薛虬薛翰林的妹子。”小鱼儿笑道。

“原来是她！”北静王点头道，“二郎果然有些眼力！”

柳湘莲闻言却是心中一惊，脱口道：“莫非王爷竟认得她？”

“我倒是不认得她，然却久闻她的芳名。”北静王笑道，“昔日宝玉曾将她们姊妹的诗文摘抄了与我，后来少妃亦曾将她们闺中诗文默了不少与我看，那薛二姑娘可是芳名宝琴？”

“正是。”柳湘莲点头道。

“那便是她了。”北静王笑道，“文采风流，巾帼不让须眉。他们兄妹幼时随其父四处游历，想必心胸亦是不凡。”

“是吗？”柳湘莲听了不禁喜出望外，“我只知薛二爷幼时随父游历四方，竟不知他妹子，一个女流居然也出去见过世面。”

“不过她后来不是嫁与梅翰林之子了吗？”北静王道，“二郎可知？”

柳湘莲点点头，轻轻叹了口气，道：“梅公子已故。”

北静王听了便不再多言。柳湘莲心中亦有所顾虑，见北静王不语，当下心中有数，便也不再多说，遂没话找话道：“王爷若不怕冷，不如我陪王爷出去转转。”

北静王笑道：“他们才把这屋子弄舒服了，我却不想出去了。只在这屋子里说说话吧，我坐坐便走了。”

“王爷既这样怕冷，为什么却又来我这里？”柳湘莲笑道，“我这里自然是冷的。”

“唉！”北静王叹息道，“只因昨夜重读了少妃誊录的《芦雪庵即景联诗》，故过来看看。遥思当时何等香艳，惜你我皆无缘得见。”

“哦，不知王爷可否也叫人抄一份与我？叫我也细细品读一番。”

“何必叫人抄录？”北静王笑道，“此时正好无事，不如我背，你写。”

“王爷竟已能背出来?！”柳湘莲奇道，“那自然是最好了。”

“看了这许多遍了，还背不出来?！”北静王笑道，“非是本王夸口，本王自幼读书，只要是自己喜欢的，凭他什么，虽不敢说过目不忘，但书读三遍没有不烂熟于胸的。”

“王爷天资聪慧，佩服！”柳湘莲拱手笑道，“柳二烂熟于胸的从来没有正经事，都是些虚耗光阴的花哨玩意儿。”

“你也不必过谦。”北静王摆手笑道，“我这样看重你，你若过谦，岂非辱我?！”

“啊呀！”柳湘莲于炕上慌忙行礼道，“柳二一向口无遮拦，还请王爷恕罪。”

“罢了，”北静王笑道，“赶紧写吧。”彼时小鱼儿早将笔墨在炕桌上摆好。柳湘莲执笔在手，北静王遂道：

一夜北风紧，

柳湘莲听了，不觉愣了一下。北静王见了笑道："二郎是觉得起句太过平庸吧？"柳湘莲一笑，北静王笑道："且莫心急，我刚听见时亦同你一样，听到后来，方知此乃抛砖引玉的起法。不但好，还留了多少余地与后人。"

"既是这样，那王爷便请继续吧。"柳湘莲笑道。北静王却伸手将柳湘莲所书拿了过去。"二郎一笔好字啊！"北静王笑道，"刚柔相济，灵动流逸。"

"王爷见笑。"柳湘莲笑道。北静王遂将纸递回，接着道：

一夜北风紧，开门雪尚飘。
入泥怜洁白，匝地惜琼瑶。
有意荣枯草，无心饰萎苕。
价高村酿熟，年稔府粱饶。
葭动灰飞管，阳回斗转杓。
寒山已失翠，冻浦不闻潮。

易挂疏枝柳，难堆破叶蕉。
麝煤融宝鼎，绮袖笼金貂。
光夺窗前镜，香粘壁上椒。
斜风仍故故，清梦转聊聊。
何处梅花笛？谁家碧玉萧？
鳌愁坤轴陷，龙斗阵云销。
野岸回孤棹，吟鞭指灞桥。
赐裘怜抚戍，加絮念征徭。
坳垤审夷险，林枝怕动摇。
皑皑轻趁步，翦翦舞随腰。
煮芋成新赏，撒盐是旧谣。
艇蓑犹泊钓，林斧不闻樵。
伏象千峰凸，盘蛇一径遥。
花缘经冷聚，色岂畏霜凋。
深院惊寒雀，空山泣老鸮。
阶墀随上下，池水任浮漂。
照耀临清晓，缤纷入永宵。
诚忘三尺冷，瑞释九重焦。
僵卧谁相问，狂游客喜招。
天机断缟带，海市失鲛绡。

寂寞对台榭，清贫怀箪瓢。

烹茶冰渐沸，煮酒叶难烧。

没帚山僧扫，埋琴稚子挑。

石楼闲睡鹤，锦罽暖亲猫。

月窟翻银浪，霞城隐赤标。

沁梅香可嚼，淋竹醉堪调。

或湿鸳鸯带，时凝翡翠翘。

无风仍脉脉，不雨亦潇潇。

欲志今朝乐，凭诗祝舜尧。

北静王一气背完，柳湘莲亦行云流水，笔走龙蛇，一气呵成。

柳湘莲搁下笔，这才拿起所书，细细读了一遍，啧啧赞叹道："从前只有宝玉羡慕我逍遥自在、无拘无束，这样看来，他叫我羡慕的可不是一星半点了！既是他姊妹们联诗，自然非一人所作，难得竟如此徜徉恣肆，浑然一体。容我细细品读。"遂又吟咏一遍，点头赞道："'野岸回孤棹，吟鞭指灞桥。'我最爱这两句，全无半点闺阁情态，若不明言，谁能想到竟是深闺女儿所吟?！还有这句'麝煤融宝鼎，绮袖笼金貂'。好一个

‘绮袖笼金貂’，竟同韦庄的‘骑马倚斜桥，满楼红袖招’的意境如出一辙，却又更比韦庄多了几分雍容。这哪里是闺中女儿，分明是我这样的浪荡子口吻嘛。”柳湘莲笑道，“真真是绝了！”

北静王听了笑道：“你且慢慢吟诵吧。我走了。”说着起身下炕。随从忙过来伺候。

“王爷这就要走？”柳湘莲放下诗稿，忙也下炕。小鱼儿忙过来伺候。

众人拥了北静王出来，轿夫早已备好，只待北静王上轿。北静王想了想却道：“二郎随我去趟潇湘馆吧。”柳湘莲点头。二人遂往潇湘馆而去。几名侍从前头飞奔了去报信，余者抬了轿子尾随其后。

雪雁早领了众人在大门外等候，远远看见北静王同柳湘莲走来，皆伏地行礼。北静王近前道：“都起来吧，地上怪冷的。”雪雁等谢恩起身。雪雁紧走几步，赶到门口，打起门帘。北静王与柳湘莲入内，就听架上鹦鹉道：“王爷来了，王爷来了。”

“这倒有趣。”北静王近前看那鹦鹉，“你教的？”

“回王爷的话，奴婢闲着没事，教着玩的。”雪雁道，“从前少妃也养了一只，会背不少少妃写的诗呢！”

“哦？”北静王道，“那你便也将它教会吧。”

“回王爷的话，它如今也会说几句呢。”

“是吗？那叫它说说看。”北静王笑道。

雪雁应了声“是”，便上前对鹦鹉道：“来，背个诗。说呀，你说呀，‘侬今葬花人笑痴，他年葬侬知是谁？’说呀，快说呀！”雪雁急得满脸通红。

“罢了，一只鸟儿你跟它急什么！”北静王道，“今后也不要教它背这样的断肠文章了。”

“唉，笨死了！”那鹦鹉突然开口道，唬了仨人一跳。那鹦鹉又说：“什么时候才能学会呀！”北静王和柳湘莲听了皆忍不住笑了起来，知道是学的雪雁语气。

北静王屋内转了一圈：“屋内再加个火盆，少妃体弱。”说着走到书架前，随手拿了一本，翻了翻便又放下，也未落座，轻轻叹了口气道：“走吧。”便出了门，柳湘莲忙跟了出去。北静王转对柳湘莲笑道：“我走了。你回去好好背诗去吧。”

“谨遵王命。”柳湘莲笑着行礼道。看着北静王一行去远了，柳湘莲方回芦雪庵。

是夜，更是辗转反侧，将那诗稿反复咀嚼，揣测哪几句会是宝琴所作。

第二十八回

柳湘莲重聘俏佳人
薛宝琴再嫁如意郎

次日早起，柳湘莲练完剑，用罢早饭，便又拿起诗稿仔细品读。小鱼儿进来道：“二爷，琏二爷来了。”柳湘莲忙丢下诗稿迎了出去。二人见过礼，一同进屋，柳湘莲请贾琏炕上坐了。贾琏看见桌上诗稿，便随手拿起来看了看，问：“二郎新作？”

“此乃令姊妹们从前的雅作，昨儿北静王爷说与我的，我写下来好仔细品读。二爷不知么？”

“我哪里知道她们娘儿们里头这些事?!”贾琏笑道，“诗我却不懂，字看着倒是还不错。”

柳湘莲知他并不大理会这些，遂收了诗稿笑问：“二爷今日怎的一大早上竟有闲来此？”

“只因有件大事，关乎贤弟终身，又受人重托，因此不得不来啊！”贾琏笑道，“我想贤弟乃是爽快人，我也就不拐弯抹角了。”

“二爷请讲。”

“我今日来此实是受薛虬之托。”贾琏道，“他知我与你相交日久，从前又曾为你张罗过一门亲事，因此昨晚特去寻我，求我今日务必来寻二郎说件事。”

柳湘莲听他这样说，不由心中一动，隐约猜着几分，也不说破，只笑道：“何事？”

“薛虬对你，那是赞不绝口！因此想将他妹子许配与你。”贾琏说到此处，停下来看柳湘莲脸色，见柳湘莲低头不语，便又接着说道，“他亦知你与三姐之事。我同他说了，那不过是个名罢了，并无其实。你为了三姐在外漂泊了这些时候，也算得上是情深义重了，只这活人总不能为死人左右吧？况那三姐若真有灵，自然也想你好，断没有盼着你孤老终身，伶仃到死之理。”柳湘莲只是一言不发，贾琏便又道：“如今薛二姑娘的人品我不用说，你自见了不止一面，‘绝色’二字那是绝对配得上的，只是她同你一样，也是空挂了个虚名在外。”

“此话怎讲？”柳湘莲忙问，“她不是嫁与梅翰林之子了吗？”

“哎，若非昨晚薛虬告诉我，我也不知。那梅公子久病缠身，不过一年便没了，成亲到死，就从未下过床，因此他二人到死都不曾圆过房呢。”贾琏道，“你说这可也算是件天下奇闻吧？”

“此话当真？”柳湘莲一把拉住贾琏的手，“二哥可莫要耍我。”

“你是说哪一句？”贾琏笑道，“总之，不论你说的是哪一句，句句皆是大实话。我想这样事情，薛虬也断无说谎之理。”

“啊呀，只是我孑然一身，如何成家？”柳湘莲为难道。

“那倒不是事。”贾琏笑道，“你只给我个凭证，我好去给薛虬回话。”

“你知道我的，”柳湘莲苦笑道，“除了随身这剑，身无长物。”说着话忽然灵机一动，俯身将靴筒内的匕首取出，递与贾琏道，“把这个拿去吧。”贾琏接过，但见一个米色鳞纹皮鞘，认得乃是鳄鱼皮所制，遂随手将刀抽出，唯见刃如秋霜，并无其他特别之处。柳湘莲道：“兄莫小看了它，削金断玉，乃是弟防身之物，亦是吾家传之宝，从未离身。况它昨日刚立了一功，便以它为凭吧。”

“哦？”贾琏奇道，“昨日刚立一功，何功？”

“老兄莫要细问了，只管拿去便是。薛姑娘自知。”柳湘莲笑道。

“哦，薛姑娘自知？看来我这是错过了哪折戏了呀！”贾琏笑道，“此刻我竟也不必追问，料你未必肯说。只待你们好事成就之日。我再来问你究竟。”

二人坐着又闲话几句，贾琏便告辞走了。

薛虬散了朝，也不回家，先去贾琏处。贾琏见了他便将柳湘莲之言一一转告了，又将匕首取出递与薛虬道：“他说此乃他传家之宝，虽其貌不扬，却削金断玉，还说此物昨日刚立了一功，至于所立何功，薛姑娘自知。”薛虬接过匕首反复端详了，也不解柳湘莲之意，于是谢了贾琏将匕首收好。贾琏又道：“他二人虽都担了虚名，实则说起来也皆各是开天劈地头一遭呢。到底是人生大事，柳二郎自己也说了“他是”孑然一身，少不得要你我二人替他们谋划了。”

“我乃是分内之事，累及兄长，如何使得？”薛虬道。

“你我兄弟，又何必说这样话！”贾琏道，“只是他二人却在何处成亲呢？”

薛虬想了想道：“芦雪庵到底不像个家的样子，莫若就在蘅芜苑吧。好在这两处王爷本就叫他二人使用，柳二哥在蘅芜苑成亲，想必王爷亦无他说。”

“正是呢，此事须得去回一声北静王爷知道才好。”贾琏道。

“二爷言之有理。”薛虬道，“莫若邀了柳二哥同去，如何？到底都是王爷的宅院，又是他用，若只你我二人去说，恐不甚妥。”

“你我都不必去，此事须他自己同王爷说去。”贾琏摇头道。

“只怕他未必愿意。”薛虬犹豫道，“你也知道，柳二哥为人，常与众不同。”

“没的妹子还未嫁出去，你这大舅哥先自怯了的。”贾琏笑道，“他便有天大的本领，只要是娶了你妹子，到什么时候你也是大，他得在你跟前伏小才是。”

“理是这么个理。”薛虬笑道，“只是我这就赶着去同他商议将洞房设在何处，也着实尴尬。”

“那你邀他去北静王府便不尴尬了？”

薛虬红了脸道：“方才的确是思虑欠妥。”

贾琏见他这样，便笑道："有句话，你我至亲我才说的，你急于求成，实是对的。薛二妹妹之事，又不能四处解释去，只好当局者自己心知肚明罢了。也亏了柳湘莲为人落拓不羁，不十分在意虚名，所以此事还是快刀斩乱麻方为上策。"

"果然琏二哥懂我。"薛虬感激道，"那你说该如何是好？"

"我率性好人做到底吧。"贾琏略一思忖道，"此事你既不便出面，便还是我去寻他，叫他自己同北静王爷说去。你看可好？"

"那自然是再好不过了。"薛虬笑道，"如此有劳琏二哥了。"

于是二人出门，往园子里去。薛虬自去蘅芜苑，贾琏却往芦雪庵去见柳湘莲，说了成亲之事。柳湘莲听后，想了想道："我这就去寻王爷，同他说此事。"

"这样最好。"贾琏道，"王爷若准了，咱们再来筹划婚事细节。"

二人分手，贾琏去蘅芜苑找薛虬回话，方知柳湘莲那把匕首原来昨日曾为宝琴削了一枝梅花，不禁笑道："梅者，媒也，确是好兆头。"

那柳湘莲到了北静王府，门上见了，忙进去通禀。北静王听说柳湘莲来访，知他必定有事，忙叫请进来。柳湘莲进来行礼，北静王屏退左右，笑道："二郎想必有要事？"

"我一个江湖闲散之人，能有什么要事？王爷说笑了。"柳湘莲笑道，"不过此事于我自身而言，确也不是一件小事。"柳湘莲顿了顿，见北静王望着自己在等下文，便索性一句话道明拉倒："我想娶一房妻室。"

"哦，这倒真出我意料之外呢！"北静王笑道，"昨日尚不见二郎有此意，如何一夜之间竟有了意中人了？却是何人？"

"薛二姑娘。"柳湘莲笑道。

"何故一夜便改了主意了？"北静王笑问。

"实不敢相瞒王爷，柳二自己虽浪荡不堪，却不知天高地厚，偏生一心想娶个绝色的琼闺秀玉。那薛二姑娘虽嫁与梅公子，梅公子却至死不曾与她圆房，我也是今日方知，那薛二姑娘不过同我一样，白担了些虚名罢了。"

"竟有这等奇事！"北静王道，"难得你二人竟是一般境遇，却也真叫机缘巧合了！如此说来，倒是一桩难得的美事，亦可谓天作之合了。”

“托王爷吉言。”柳湘莲笑道。

“既是这样，便择日成亲吧。”北静王笑道，“不需你操心，我这就吩咐水木替你操持。你只等着小登科便是。”

“多谢王爷，只是我尚有一事相求。”

“但说无妨。”

“我柳二浪子一个，孑然一身，身无所长，如今一饮一食皆王爷所赐。”

“二郎切勿再说此等说辞。”不等柳湘莲说完，北静王爷便摆手止住道，“非二郎没有，实二郎不愿耳。以二郎的文韬武略，什么样的荣华富贵皆唾手可得。二郎如有意，本王可为谋之。”

“多谢王爷青睐，柳二感激不尽。只是这些皆非柳二所愿，然王爷但有驱驰，必当万死不辞。”

“好了，你我皆不要说这等俗语套话了。”北静王笑道，“还是好好筹谋筹谋你的婚事吧。”

“正为此事有求于王爷。”

“快请讲。”

“我想在蘅芜苑内成亲，眼下的住处芦雪庵，一人独居自然是好……”

不等柳湘莲说完，北静王便笑道：“岂止蘅芜苑与芦雪庵，你想使哪一处便使哪一处。若非那园子乃圣上所赐，不敢轻动，便是那整座园子皆送与二郎又有何妨?！不过那园子你我说定了，我亦只是挂个虚名而已，实则即是二郎所有。”

柳湘莲听了，略一思忖道：“方才王爷叫我不要再说俗语套话，我也便不说了，王爷自然知道我的心意。如此，柳二便恭敬不如从命了。那园子我只当是替王爷看家护院的，我便恣意使用了。如此，我便在蘅芜苑成亲便是。”

“且别忙。”北静王道，“不如将琏二爷请来，他最熟悉那园子，问问他哪一处最宜办喜事。”说着便命人去请贾琏。一时贾琏请到，北静王道：“方才我已同二郎说了，那园子因是圣上所赐，故我只好先担着这个虚名，实则是尽送与二郎使用。你对那园子最熟，便替他想想哪一处最宜成亲办喜事。”

贾琏略一思索，笑道：“自然是怡红院。那里原是宝玉的居所，院子宽绰，景致又好。”

柳湘莲听说是宝玉旧居，心中便先已愿意了。北静王一听说是宝玉旧居，笑道：“是啊，毕竟还须问你。便是怡红院了。”

“我有个拙见，不知妥否？”贾琏笑道。

“但说无妨。”北静王道。

柳湘莲也道：“二爷请讲。”

“依我之愚见，既然大家知根知底，又你情我愿，率性也不必拘那些礼数，不若速战速决，求个实惠，早日洞房，以慰二郎相思。”贾琏笑道。

“此计甚妙，”北静王笑道，“也只琏二爷想得出来。”

“柳二爷意下如何？”贾琏笑问。

“我只听王爷与哥哥的便是。”柳湘莲笑道，“只是恐怕唐突了佳人。”

“这个你不用操心，我去找薛二爷商议。”贾琏笑道。他其实心里有底，知道薛虬心中也想速决，好早日了却一桩心事。

“此事还交与琏二爷同水木去办吧。”北静王笑道，遂叫水木进来，一一吩咐了。贾琏与柳湘莲起身告退，水木送他二人出府。

第二十九回

柳二郎怡红小登科
贾三姐粤东大涅槃

转眼便是吉日，怡红院张灯结彩。柳湘莲、薛虬并未太过声张，不过是贾琏、贾芸、贾蔷夫妇。彼时蒋玉菡业已归来，便也邀了他夫妇二人。李纨病重未至，只贾兰一人前来。恰好赖尚荣回京述职，听说此事不请自到。林之孝、赖大等人皆知如今北静王爷十分看重柳湘莲，岂能不来凑趣?！且此事亦难瞒过他几个。于是众人聚在一处，加上丫鬟仆从，却也是乌压压一院子的人。北静王早安排送了二十个丫鬟、十个小厮并十个婆子过来，柳湘莲拜谢收受。正日，北静王又遣水木送了各式锦缎、珠宝、字画、器具无数。

席间，贾琏、赖尚荣想起往事，唏嘘不已。赖尚荣道："所幸苍天有眼，如今兰哥儿是真出息了！"一语出口，忙不迭打了下自己的嘴巴子，笑道："说顺嘴儿了。镇海将军，镇海将军。”众人皆笑了起来。

贾琏道：“想必三妹妹也快到了，看来今年过年便可在将军府团聚了。”贾芸、贾蔷都道：“快了快了，将军府竣工也就在这几日了。二叔，咱们请人看看，择个好日子吧。”

赖尚荣笑道：“等入主将军府，咱们可就得改改口了吧？老一辈的也都没了，如今二爷最大，哥儿们也都成家立业了，眼瞅着小一辈的就要出来了，再不改口可就没法称呼了。”

“赖大哥所言极是。”贾蔷笑道，“等搬入将军府，咱们便管二叔叫二老爷才是。这样咱们的兰大将军，底下人才好叫爷呀，不然还称兰哥儿，也忒不成样了。”

贾芸闻言笑道：“你我沾光，便也都熬成爷了呗！”正说着贾琏之子贾薇跑了出来，要贾琏抱，贾蔷一伸手抱了起来。贾芸便指着贾薇笑道：“这混小子也便成爷了。”众皆大笑。

正说笑间，忽有人进来悄悄回贾琏：“大奶奶不大好了，请兰哥儿这就回去呢。”贾琏听了不动声色，伺机给贾兰使了个眼色，自己先借口更衣出去了。贾兰会意，跟了出来。“才有人来报，说大奶奶不大好，你也不必慌，赶紧先回去瞧瞧。若是大不好了，便使人来叫我。这里你不用管，只管去，一会子我自去与薛虬和柳湘莲说。”贾兰点头答应，匆匆而去。

贾琏仍回席上，等了一晚上，及至席散，不见贾兰差人来，方才安心。

众人散尽，柳湘莲来至洞房，喜娘递过秤杆，挑起盖头，见宝琴含羞带笑，明艳无双，心下喜不自禁，饮罢合卺酒，上了拔步床，果然宝琴仍是美玉无瑕。柳湘莲这才心满意足，百般温存体贴，犹自责唐突。

次日洗漱毕，夫妇二人去拜见过薛虬与邢岫烟，回到怡红院，丫鬟来问各式礼物如何安置，柳湘莲便携了宝琴一一看过。宝琴指着几卷字画道：“这几样拿到屋里我瞧瞧，别的都收了吧。”二人回到屋内，小螺抱了字画进来，一一展开，请宝琴与柳湘莲观看。小螺提起一幅画，柳湘莲眼前一亮，却是一幅仇十洲的《艳雪图》，不禁豁然开朗：那日薛宝琴立于雪坡上的模样可不正是这幅《艳雪图》么?！怪不得看着眼熟，原来曾在北静王府见过此画！宝琴见了亦大吃一惊道：“这幅画我曾在贾府老太太的屋里见过的。”

夫妻二人于是聊起当日芦雪庵联句旧事，柳湘莲取出所书，宝琴看了，喜出望外。柳湘莲便问哪几句系宝琴所作，宝琴一一指与他看。柳湘莲这才知道，原来自己赞不绝口的佳句“绮袖笼金貂”“吟鞭指灞桥”“狂游客喜招”“埋琴稚子挑”皆出自宝琴之口，越发感慨万千，遂将宝琴视若珍宝。此皆后话，暂且不表。

只说贾琏散席后从怡红院回到家中，不免同平儿说起李纨之事。平儿道：“都说三姑娘就快回来省亲了，也不知大奶奶还能不能等到三姑娘回来。”贾琏沉思道：“想是三妹妹思乡心切，不然率性等到明年开春，水涨风疾，船也易航，偏这样时节回来，还不知路上是否顺利呢！只是八九月间便差了信使前来，不知为何拖延至今人还未到，怕不是路上出了什么意外不成？”

“你也别胡思乱想。三姑娘他们又不是普通商船，不是说那粤东王也一同进京朝圣吗？自然是前呼后拥，不晓得多少人马护卫呢！能有什么事！”平儿笑道，“再者说，他一国国君出巡，自然比不得寻常官员、百姓人等，自然是要仔细筹备。这样远的路程，可不得一样样地预备起来，哪一样不要耗时耗力？说是打算年底抵京，也保不准改成开春再来呢？便如你所说水涨风疾，船也宜航。”

“说得也是。”贾琏笑道。二人遂上床安寝不提。

究竟那贾探春因何缘故至今未归呢？原来听说粤东王要进京朝圣，那茜香国的大王子便不安分起来。当初那茜香国女王因宠爱幼子，废长立幼，将王位传与小王子。大王子岂能甘心，先唆使小王子反叛，那小王子果然中计，结果被贾兰一举平定，递解进京待罪，暗中乐坏了大王子。谁知贾兰临行前将茜香国交与粤东王代管，如今朝廷所派节度使来到茜香国，大事常与粤东王书信相商，却从不与他这个茜香新王商量，分明将他当作傀儡一般。那大王子自然不敢怨恨上邦使臣，却对粤东王怀恨在心。听说他要进京面圣，大喜，拟于途中截杀，却不料事不机密，被粤东王探知，于是粤东王将此事禀告茜香节度。节度使大怒，遂设下鸿门宴，假意邀粤东王赴宴，请大王子作陪。

大王子不知所谋之事已泄，欣欣然前去赴宴。节度使断喝一声：“拿下。”左右所伏精兵一跃而出，一齐将大王子的侍从按住，卸了兵器，全数捆起。大王子怒道：“所犯何罪，上差竟如此待我？”

“我粤东国与你茜香国世代交好，我亦视你兄弟如子侄。你却欲趁我进京朝圣，半路取我性命，可有此事？”粤东王怒道。

“胡说。你，你这是血口喷人。”大王子辩道，“你有何证据？口说无凭。”

“哼！”粤东王怀中取出一个小小竹筒，从中抽出一封信，递给节度使，看着大王子冷笑道，“这是你写给暹罗国王的亲笔书信，约他与你联手，半路截杀本王，还将我粤东国半壁江山赠送与他。王子殿下好大的手笔啊！”

节度使作势仔细看了大王子手书，递与大王子冷笑道：“要不殿下您再仔细看看，别再是旁人冒了您的笔迹。本官也与殿下相处了一段时日了，据我看，这正是殿下的墨宝无疑呢。”

铁证如山，大王子也无言以对，只得低头认罪，但他毕竟是番国王子，纵使有罪也不能随意处置。节度使遂将其软禁，将此事拟表，遣使入京，上奏朝廷，恭请圣裁。粤东王进京之事也便搁置下来。

探春听说暂缓进京，难免黯然神伤，却也无可奈何，只得望洋兴叹。粤东王少不了安抚一番，说来春若无事便陪她进京。

谁知那茜香国大王子在国中颇有些追随者，听说大王子被监禁，暗地里聚了一支人马，救出大王子。大王子势成骑虎，无可奈何，只得反了。节度使猝不及防，幸得左右拼死护卫，杀出重围，逃往粤东。粤东王闻讯，慌忙出兵相助。不料暹罗国趁火打劫，趁着粤东防御松御，一举攻下粤东几座重镇，直逼都城。粤东王闻报大惊，顾不得与节度使会合，拨转船头回援自家都城。一番血战，粤东王重伤，粤东兵群龙无首，溃不成军，拼死才退回王城，死伤无数。

探春在后宫之中，耳听得战鼓声声，号角连营，也不知外头情形如何，急得如同热锅上的蚂蚁一般，却是束手无策。好容易一大帮子人，簇拥而入，将粤东王抬入后宫。探春上前，见粤东王躺于担架之上，身中数箭，忙扑到担架前哀哀唤道："王爷，王爷，王爷！"泪如雨下。

那粤东王隐约听见探春声音，竭力将眼睁开，口中喃喃道"王妃"，便气绝身亡。众姬妾皆放声大哭。

众将士见粤东王已故，并无遗旨，且外头战事紧急，此时根本无暇顾及探春等人死活，护国要紧。几名重臣当机立断，拥戴世子继位，统率全军抗敌。

探春领着众姬妾，守着粤东王遗体，哭作一团。忽外头探子来报："王城已破！" 众人顿时惊慌失措。

探春心意已决，遂起身道："你等要命的，此刻便速速逃离，或能保住一条性命。"

众人面面相觑，有人大着胆子问道："我们都走了，那王妃你呢？"

"我自然是要与大王同生共死的。"探春道，"你们快走吧，再迟恐就来不及了。"

众人闻言，犹豫片刻，一哄而散，皆跑回本处收拾细软去了。

探春四顾，殿内空空荡荡，只侍书与翠墨尚在，因苦笑道："你二人如何不走？"

侍书、翠墨跪下道："我们自小跟着姑娘，如今却叫我们往哪里去？姑娘要与王爷同生共死，我们自然也是要与姑娘死生在一处的。"

"这又何必?！"探春道，"我是无路可走，与其落入乱军之手徒受其辱，莫若与大王生死与共，还博个贤名。"

"姑娘拼了一死博个贤名，我们虽是奴婢，跟着姑娘戏也看过几场，也知道些忠义故事，此时此刻断难扔下姑娘自家逃命去。"侍书道。翠墨亦连连点头，道：

"姑娘便容我们也求个忠义之名吧！"

探春见她二人说得恳切，不禁心下感佩，上前搂住二人。主仆三人抱在一起，哭成一团。耳听得外头杀声震天，探春道："咱们也别哭了，一会子乱军冲了进来，再想保全只怕为时晚矣。"

"那咱们怎么办？"翠墨道。

"纵火。"探春站起身，望向桌上的灯盏，"咱们几个的灰都化在一处，再不分开。"又看着侍书与翠墨笑道："你两个害怕么？若怕，此刻走还来得及。"

"不怕。"侍书与翠墨皆笑道。

侍书道："翠墨你去点火，我替姑娘换件衣裳，再把头发抿一抿。"翠墨答应着走到桌前，将探春素日练字的纸放到灯罩口，那烛火立时便窜了上来将纸舔燃。翠墨拿了那点燃的纸将桌旁的一堆纸引着，又举了灯自去点那些帐幔等物。侍书则扶了探春，自去后头更衣梳妆。

…………

"不好了！坤翊宫走水啦！坤翊宫走水啦！"外头有人看见火起，拼命嚷道。

只是哪里有人还顾得上救火？！只任由那火蔓延开

来。那粤东建筑多以木竹为主，此时正是隆冬时节，天干物燥，风助火势，不多时，整座坤翊宫便皆烧了起来。

那火焰升腾，远远望去，恰如一只巨大的火凤凰！

（完）